·悟在文学中成长· 中国当代教育文学精选系列

高长梅 王培静◎丛书主编

# 为欢乐蓄势

谢丰荣 著

花山文艺出版社

河北·石家庄

图书在版编目（CIP）数据

为欢乐蓄势 / 谢丰荣著. -- 石家庄 ： 花山文艺出版社，2012.8（2024.6 重印）
（读·品·悟：在文学中成长·中国当代教育文学精选系列 / 高长梅，王培静主编）
ISBN 978-7-5511-1391-5

Ⅰ．①为… Ⅱ．①谢… Ⅲ．①散文集－中国－当代 Ⅳ．①I267

中国版本图书馆CIP数据核字(2013)第186143号

丛 书 名：读·品·悟：在文学中成长·中国当代教育文学精选系列
丛书主编：高长梅　王培静
书　　名：**为欢乐蓄势**
　　　　　WEI HUANLE XU SHI
著　　者：谢丰荣

策　　划：张采鑫
责任编辑：李倩迪
特约编辑：李文生
装帧设计：北京九洲鼎图书有限公司
美术编辑：王爱芹
出版发行：花山文艺出版社（邮政编码：050061）
　　　　　（河北省石家庄市友谊北大街330号）
销售热线：0311-88643299/96/17
印　　刷：三河市中晟雅豪印务有限公司
经　　销：新华书店
开　　本：710mm×1000mm　1/16
印　　张：9
字　　数：140千字
版　　次：2013年9月第1版
　　　　　2024年6月第3次印刷
书　　号：ISBN 978-7-5511-1391-5
定　　价：49.80元

# CONTENTS | 目 录

*Chapter 1*

## 第一辑 脚跟的家园

鸡蛋炒出的朝霞 .......................................................... 2

父亲如神 ..................................................................... 4

樱桃又红 ..................................................................... 8

眼前横着一条幽深的河流 ............................................... 10

那一抹斜阳 ................................................................. 12

小镇·酒馆·朋友 .......................................................... 14

今夜泪水为您而流 ........................................................ 16

二芭茅，蓝水河 .......................................................... 18

旷野 .......................................................................... 21

狗友 .......................................................................... 22

父亲钓不上鱼 ............................................................. 25

好想听一声牛哞 .......................................................... 27

抢占秋千的老太 .......................................................... 28

双份的爱 ................................................................... 29

难忘的家长会 ............................................................. 30

分核桃 ……………………………………………… 31

葱绿的台湾竹 …………………………………… 32

抱儿菜 …………………………………………… 34

草编·艺人 ……………………………………… 36

*Chapter 2*

## 第二辑 爱的雕塑

一首诗的由来 …………………………………… 40

怀念学生情 ……………………………………… 43

5.12：我的特殊生日 …………………………… 45

父亲不再打篾片 ………………………………… 47

奢侈的葱 ………………………………………… 48

她是我的妻子 …………………………………… 50

阳伞倾斜的角度 ………………………………… 52

蜘蛛攻破语言关 ………………………………… 54

别让母亲跪着 …………………………………… 55

爱的雕塑 ………………………………………… 57

家具与我们同舟共济 …………………………… 58

从孔明灯到绒线帽 ……………………………… 61

我们的小桃树 …………………………………… 67

地震的声音 ……………………………………… 72

CONTENTS | 目录

Chapter 3
第三辑 **眉间的天堂**

昂首与匍匐 ............................................. 76

我的面，还有我的面瘫 ................................. 77

枯水期的河 ............................................. 81

我们别亏待了兴趣 ..................................... 82

补丁与奖状 ............................................. 84

奔跑的快乐 ............................................. 85

滑翔到我巢 ............................................. 87

马蹄莲的忧伤 ........................................... 89

以生为师 ............................................... 90

命令自己 ............................................... 92

教你叹息 ............................................... 94

慢 ..................................................... 95

让它们死在哪里 ......................................... 97

陶渊明的菊花 ........................................... 99

看芦花 ................................................ 101

想你了，梨花 .......................................... 102

生命一如桃花 .......................................... 103

峨眉山上话起落 ........................................ 105

*Chapter 4*

## 第四辑 船行长江

船行长江……………………………………………… 110

寻找一块千古流芳的石头……………………………… 112

像张家界那样等你……………………………………… 114

青城后山看见的枯枝…………………………………… 116

赤水，怎一个润字了得………………………………… 118

为欢乐蓄势……………………………………………… 121

我默默地注视着世界上的锈…………………………… 123

喜见《汉宫春·梅》…………………………………… 125

花枯萎后依然是花……………………………………… 126

快乐很容易办到………………………………………… 129

陪你走过上学路………………………………………… 131

非我读书，书在读我…………………………………… 133

黄昏与清晨的约会……………………………………… 135

第一辑／**脚跟的家园**

# 鸡蛋炒出的朝霞

太阳露出一半，东边天上，玉质的云层，遍染金色的光芒，美轮美奂。

这情景，不正像母亲炒在锅里，盛在碗里的一顿早饭吗？你看，那云层多像是米饭做的，那金光多像是鸡蛋炒的，所以在我的记忆里，朝霞是蒸腾着热气的，朝霞是散发着浓香的！

朝霞，就是远道求索的学子心中母爱的盛餐！

我家赤穷。三兄弟中我是老大，但十分体弱。父母都是要强的人，他们以一种近乎苛刻的方式"打磨"着我，希望我能出人头地，但同时又以一种害怕失去的方式疼爱着我。可怜天下父母心！他们一定万分的矛盾。他们夜夜"陪太子读书"，这对尚未启蒙的我来说，无异于是一种"折磨"！母亲什么方式都用，竹篾打、手指揪、鞋底针刺等，当天作业不做完决不让睡觉。等我所有功课全都弄懂了，终于收拾书本装进书包时，一盆热水早已摆好。有时候，母亲还帮我洗脚，边洗边为我鼓气：

"小荣，你是个有出息的人！一定能给谢家争光！到时候给那些欺负咱家穷的人看看，你是多么有文化，好吗？"

我含糊地回答她，因为我早已疲惫不堪，明天还要走十里路，到镇上去读书呢。

我的早饭常常不是新煮的，昨夜专门剩下一碗，以便早上热好就吃。热饭之人正是母亲。当一声轻唤穿透甜梦，我睁开眼，首先看到的是母亲的身影。母亲！那时，你好年轻，但又显得好疲惫！是啊，你每天有做不完的活，里里外外地忙个不停。至今想来，那无数个清晨，你的身影在灯光中泛着黄晕，你只披着外衣，头发有些零乱，总是微笑着说饭热好了，快去吃吧。这情景，给我留下了不可磨灭的印记。我翻身爬起，没有丝毫拖沓，不这样，我会觉得自己不懂事，愧对了您！

我贪婪地看着那碗蛋炒饭。

如果有人问蛋是什么东西？我会这样回答：蛋是一种美味，是一种奢侈品！有时候我想，要是能一口气吃二十个鸡蛋，那才解气呢！这是我的心里话，小时候我就这么做梦。后来我在课堂上对初中学生也这么说过，这些天真的孩子笑得前仰后合。他们不知道那个时代，农民家庭的鸡蛋主要是用来换钱，不是自己吃的！

但是，尽管是那样的年代，我却能在两个弟弟做梦的时候，吃到母亲专门为我做的蛋炒饭。

每次，我都没有听到母亲炒饭的声音，她也许有意轻手轻脚，好让我多睡一会儿。我端着碗，望望窗外，虽然四周一片漆黑，但我从"粒粒如玉铠"的饭粒上，发现了白云的柔软，从点点金黄的蛋花中，感受到了霞光万道的灿烂。

在那全家仅以两大坛酸菜维持四季的年月，这是怎样的待遇啊！母亲的厚爱全在饭里。我有几回都是含泪咽下这些饭的。母亲并不立即回去睡觉，她要看着我吃完，又亲自为我打开院门，这时候，她倚着门框，让我站在门外灯光铺就的道路上，问我："天这么黑，你怕不怕？"

"不怕！"我尽力说。其实，有个荒无人烟的乱坟岗，正是我的必经之路。

"那快走吧，路长着呢！"母亲轻轻在我的背上一推。

是的，路长着呢！我就这么走啊走，直走到今天。回望，是黑夜中一道灯光铺就的道路，母亲保持着那种倚门而望的不朽姿势；而前方，却是一片绚丽的彩霞，太阳喷薄而出，东边天上，玉质的云层，遍染金光，美轮美奂。母亲啊，这一切，都来自你用鸡蛋炒出的一碗热饭……

# 父 亲 如 神

佩服父亲的人很多，现在还叫他"谢连长"的也有。父亲是好人中的凡人，凡人中的好人。他在我心中有着如神的地位。

有一个镜头终生难忘：魁梧的父亲，手持极富韧性的篾片站在我家门口。这个镜头常常出现在黄昏时分，夕阳的金光洒在他的身上，令心里揣着错误而归的童年的我，无数次地畏惧过，疼痛过。一次是我伙同别的孩子偷邻队的胡豆吃，一次是下河洗澡，一次是考了个极不理想的成绩……父亲在夕阳里挺直地站着，矜持地等待着，而我，每每一拐过路口就如烂盆一般，将少年心中固有的快乐漏尽。踮着脚，低着头，又不得不快速地走近父亲，实际上是走近一场"灾难"：篾片将在我整张皮肤的"日记"上写满教训。父亲对我们三兄弟总是严于管教。

在我小时候，父亲既是救星又是依靠。

这得从我的身体状况说起。六七岁时，一场同龄人普遍领教过的疫病，让我险些结束了与他的父子关系。那种病叫麻疹，俗称出麻子。气息奄奄的我趴在父亲背上，用半睁半闭着的眼睛看模糊的晨曦和夜景，用微弱的心跳感知从父亲脊背上传导而来的大地的坎坷抖动，感知父亲内心再明显不过的焦躁、惊恐。父亲就那么急匆匆地背着我走很远的路去看医生。说父亲的背宽阔而平坦，坚实而温暖，我有同感，那种温暖至今还留在我的胸口。

我的病弱已然注定，而农家岂能免掉农忙的疲累！在三兄弟中我是大哥，而父亲在六兄妹中也同样是大哥，因此，我自然而然地继承下来一种坚忍耐劳的精神品质，明知已然累极，却又死不吭声。母亲看在眼里，多次向父亲提起，在他面前夸奖我懂事。父亲对我的认识因此不断改观，后来当我成绩居于年级之首时，他竟然开始一味地迁就我了。他佩服我，以我为荣！我当然看得出来。

但是，对我而言，做农活几乎就是"挣扎"。我何止一次因为腿脚转筋而倒在田里，瘫在田里！这时候，我仍然不答应母亲让我休息的劝告。说实话，过早懂事使我的童年索然无趣。父亲是民兵连长，自然先国家后小家，家里的农活一般是母亲请两个亲戚或好友，带领我们三兄弟干，几乎就是娘子军加童子军。父亲回家一般要在下午五六点钟，我们三兄弟偷偷往他回来的方向看，几分钟就重复一次。等待救星出现，就是这样！当父亲的身影如天神出现的时候，你知道，这就意味着有了主心骨，干起活体内仿佛灌满了力量。父亲一边讲着笑话故事，一边大步流星地走来走去，大把大把地抱起谷子打，大担大担地往家里挑，那么强健，那么魁伟，那么给人以信心！

父亲是英俊的。我偷偷看过他和母亲的结婚照，那上面留着他们那个时代的一种羞涩。父亲昂着头，脸偏向一边，母亲则脸显红晕。父亲极不自然的姿势，过于严肃的表情让我看了着实想笑，但又不得不赞叹他就像演《林海雪原》里杨子荣那样的扮相。他应该生来就是演正面人物的，带着天神一般的气质！

父亲生活中，要么严肃过余，要么风趣到头。有一年，全队的孩子都爱跟在我屁股后面，到我家去打发晚上时间。母亲向铡刀下递猪草，父亲握着手柄一上一下地铡着猪草，煤油灯的黄色光晕里，十来个几岁的孩子坐在泥地上，有的托着腮，有的抱着头，出神地听着父亲的故事。每个故事里都有笑料，我们听得津津有味。那情景，现在还多次出现在我的梦里。

多么神奇而又快乐的童年啊！

是的，父亲如神，如神的父亲十分注重儿子品性的发展方向。父亲最爱说的语录摘抄："我是共产党员，我有三个儿子，我绝不干那些让下辈人抬不起头的事！"这句话何止数百回出现在全家人的餐桌上。

记忆中，我家来来往往的知青也多，陌生人也多。他们信赖父亲的为人，至今还有几个朋友保持着与父亲的亲密往来。

　　我如果说父亲一生跑遍全国几百座城市，你不会认为这是吹牛吧？他是真真正正"风风火火闯九州"的人！他工作杂，当过民兵连长、大队会计、农场场长，又做过预制板厂的推销员。即使前几年，在他右手粉碎性骨折之前，还在为一家市内知名的纸厂当管账先生，每天过手资金好几百万元，但是没有一分钱藏进自己的腰包。

　　是的，父亲一生太有机会了，别人身边寸草不生，而他身边却芳草萋萋。父亲在全国各地广建联系，那时候，只凭一张他开出的介绍信，别人就可以轻易去某地买到炙手可热的钢材，而没有他的介绍信，你就是求爷爷告奶奶也不可能办到。他只有一样东西可以征服他的世界，那就是：真诚！

　　试想，在20世纪90年代初，他要将他的真诚倒卖，将他的机会兑换，这将为家庭带来多大的一笔财富？别人眼热的是他魔术般说到就到的钢材，别人憎恨的是他的钢材又魔术般说去就去，而不产生任何的转卖效益。

　　于是，父亲是红人，是"财神"，又是"傻蛋"！人们向他求教，求助。父亲浑然不觉，在我们这些儿子辈的面前深以身正为荣。

　　我写过一首诗叫《父亲的厨艺》，诗中有两段是这样的：


在艰苦的岁月里

你

默视着饥饿的我们

开始琢磨

你非凡的厨艺


在艰苦的岁月里

你

凉拌着乐观给儿子们吃

干炒着正直给儿子们吃

清炖着忠贞给儿子们吃

父亲，你一生

就做了三道菜

竟

香了远近几村几社

饱了一家妻儿老小


你很穷，父亲

没关系，父亲


是的，我父亲的"神性"，正是表现在这乐观、正直和忠贞之上。

如今，父亲已垂着伤残的右手赋闲在家，过着十分拮据的晚年生活。他创造的辉煌，只为别人铺设金光大道，也只能闪现在真正敬佩着他的儿子们的眼中。尽管贫穷是刻骨铭心的，但父亲依然中气十足地说着他的名言："我是共产党员，我有三个儿子，我绝不干那些让下辈人抬不起头的事！"三个儿子听起来格外亲切，三个小孙女虽然不懂，但也会和着我们一起笑。

父亲说着，我们笑着，笑他的迂腐，笑他迂腐中那股少有的人生真义。笑里没有丁点儿的责备，因为父亲这么做，的确是为了我们。

父亲，就是这样的神！

你很穷，父亲。你更富有，父亲！

# 樱 桃 又 红

一个小学校，外面是个小操场，里面是个小天井，教室和办公室围成四合院。小天井里却有两棵大大的樱桃树。

从操场向天井里望，樱桃树的树冠葱茏馥郁，青瓦房成了四四方方的花盆，而树成了养在其中的盆景。不过，这盆景也真够大的！

我的启蒙老师李奂琼正站在樱桃树下，在我的印象中，她长得跟我母亲一样美丽。她指挥着树上的男老师们，说："瞧这一串！你快伸手摘呀！还有那里，又多又红！……小心脚下，别踩虚了掉下来！……"

跟男老师一起上树的还有个别大胆淘气的五年级学生。其他的学生则把小天井挤得水泄不通。大家都仰着脸，去接树上递下来的樱桃，然后装在筛子里。大家激动地大喊大叫，就像在开一场每年只有一次的盛会。

我是低年级的学生，既没有资格上树，也没有机会递樱桃，所以就在老师旁边兴奋地拍手。李奂琼老师悄悄挑了一颗大大的樱桃，塞进我的嘴里，微笑着示意我别让其他孩子知道。我就甜蜜蜜地包着嘴巴，仔细品尝了许久，竟然真的没有让人知道。

上课的钟声响了，是矮矮的华山老师敲的。各班同学纷纷跑向各自的教室，当然，在这种混乱中，谁也没有忘记回头望望树上的老师和树下满筛满筛的樱桃。今天的课总是要很久才能安静下来。不久，李奂琼老师迈着轻盈的步子进来了，她手里提着一大包报纸包着的东西。"樱桃！分樱桃啦！"我们齐声喊起来。

李老师见闹嚷嚷的，脸一沉，眼一瞪。她爱使这一招，很管用。但谁都知道李老师是假装生气，她其实也快活得不得了。果然，她脸上又眉飞色舞起来，说："同学们，尽管大家没看见，但都猜到了，报纸里包的是——樱桃！大家都能分到十颗呢！"

十颗樱桃！太好了！

有人开始盘算起来：我要自己先美美吃上一颗，然后，然后全拿回家去，给爷爷、奶奶、爸爸、妈妈、弟弟、妹妹……都分一颗。好东西得大家分享。不是有句俗话吗：大家吃了大家香，一个人吃了打标枪（就是拉肚子）。

李老师捧着报纸下了讲台。她让我这个班长来帮她发，我赶忙跑上前，轻轻地从报纸里捧出樱桃，无比郑重地放在课桌上，用指尖扒开点数。我非常注意大小的搭配，不愿让一个同学吃亏，口里大声数出来，以示公正，一、二、三……在我数的时候，好几个同学围过来，跟着我数，真是带劲！

最后李老师手里还剩下几颗樱桃。她看着大家，说："樱桃树是属于所有人的，它结的果子，只要是学生，见者有份。树就像我们的妈妈，爱每一个小孩子！树是要告诉大家，生活是美好的！我们的孩子都是幸福的！"

李老师把"美好"和"幸福"庄重地写在黑板上，让大家齐声念三遍。然后她让每个同学都拿起一颗樱桃，叫声"预备——起"，我们就把樱桃往嘴里放。老师也吃起来。此时此刻，老师盯着学生，学生望着老师；老师脸上满是幸福，学生脸上也满是幸福。

一颗樱桃足以含在嘴里几分钟，谁都舍不得像猪八戒吃人参果那样浪费滋味。最后，李老师张开嘴，眯缝着眼，做出陶醉的样子，我们也纷纷学起她来。课堂爆发出一阵笑声。

这就是我在小学时吃到的樱桃。

而今，樱桃又红，我突然想起那美妙的一刻，于是周末回乡。走进小学校，三十年前的景象如云烟飘散，了然无痕。青瓦房已被教学楼取代，樱桃树也变成含苞待放的栀子树，教我吃樱桃的李老师早已调到远方去了，但是吃樱桃的正确方法，以及樱桃留在嘴边的余香，怕是终生难忘了！

# 眼前横着一条幽深的河流

　　小时候，我胆子很小，不敢走夜路。十五岁时考上中师，这年暑假，我决定练练胆，就硬着头皮独自到荒无人烟的河湾钓夜鱼。我们村周围一带河湾很多，里面时见树上挂着不知哪家死的猫儿，更有一些孤坟，阴森可怖。

　　多去几次，胆子真的大起来。为了巩固成绩，有一天，我向文大爷提出要跟他去更远的河湾钓夜鱼。文大爷是全村第一高手，他有不为人知的"鱼窝子"，看在我算是村里"秀才"的面上，他爽快地答应了。那天，我们全副武装出发了，先走一段路，再乘船过河，又七绕八转，差点把我转晕，这才到达一个河湾。不想，一开头就出了错：我的虫子没淘洗干净，粪渣太多，根本挂不上钩。而文大爷全靠钓鱼养家，根本不分虫子给我。

　　钓鱼一下变得索然无味。文大爷叫我盖上雨衣睡觉，等天亮后一同回去，可我觉得露宿河边实在没有家里舒服，于是不顾他的阻拦，也不顾天黑路远，独自打道回府！

　　我想我已经有胆量穿行于荒郊野外。

　　可一个人到了渡口才醒过神：船夫早已回家，村子离得很远，只剩下用钢丝拴好的船在随水荡漾。河面上水波隐隐闪动，岸上则到处是黑黢黢的树影，这一切让人心生寒意。我犯愁了。

　　向对岸望去，那儿有块河滩地，使河道窄了一半，约两百米，河滩地下游，河面则陡然变宽了一倍。

　　我反复权衡。我不算游泳高手，空手游过去还行，但现在一手拿着鱼竿，一

手提着提兜，里边有手电、雨衣和刀子，这些无疑增添了难度。这还不止，真正令我胆怯的，是满脑子涌现的鬼故事。我父亲有讲不完的鬼故事，全村孩子都和我一道听过，吓得晚上噩梦不断，却偏偏又着了迷似的想听。在众多鬼中，我最害怕水鬼。水鬼害人，人必死无疑。明知世上并没有鬼，但想到自己在河里游着游着，水鬼将人往下一拖，心就直发毛。

我眼前横着一条幽深的河流，我在河流旁边进退两难。

回到文大爷身边去，听他嘿嘿怪笑吗？这老头最爱怪笑，一副"白发渔樵江渚上，看惯秋月春风"的神情。他也许什么也不会说，但只笑上两声，就足以让我全身燥热。

怕什么？游过去！咱是来练胆的！我决定冒险，就脱下衣裤塞进提兜，一边给自己打气，一边迈进河水。水越来越深，冰凉的感觉从脚掌向上扩散，直到胸口。前面就是深水区了。我闭上眼睛祝自己好运，然后脚在河底一蹬，游了起来。我一手举着提兜，一手划水。提兜很重，没多久手就酸了，只得换手再举。连换几次，两只手都绵软无力，只好任它漂在水上，东西全部打湿。可提兜浸在水里阻力很大，想游快点，怎么用劲也不行。我真是累极了！

河水流得很快，前方的河滩地像蛇一样游走。

河水黑乎乎的，似乎深不可测。水鬼又出现在脑海里，害得我神经兮兮。可怕啥来啥，突然大脚趾一阵剧痛，真的被什么东西直往下拽。我尖叫一声，没命地扑腾。好一会儿才弄明白，是绕在鱼竿上的线被水冲散，鱼钩不偏不倚钩在脚趾上了。想用手取，两手不空；想踩在河底，水又太深。这一慌，鱼竿又没抓稳，顺水漂出，鱼线被绷得紧紧，钩尖直往肉里扣，痛得我龇牙咧嘴。

天！今晚我是来钓鱼的，不想却把自己"钓"住了！

这实在有意思！平常是我在河边上握着鱼竿，鱼则在河里扑腾；现在是我在河里扑腾，而鱼竿不知被谁的大手握着。我必须从那双"手"里逃出去！

我咬牙忍受。

大事不妙！又要错过河滩地了！我慌了神，奋力划水。然而河滩地优美的曲线还是缓缓远去，展现在我面前的，是突然变宽的水域，幽深而又危机四伏。

起初我怎么也舍不得丢掉雨衣、手电、衣服这些东西，因为对农民家庭来说，它们非常宝贵，现在我将提兜一扔，两手拼命划水，还是顾命要紧啊！我的泳姿再无平日的优雅，要多狼狈就有多狼狈。

就在这当儿，我的脚尖触到了河底，原来已到浅水区，我得救了！

我水淋淋地走上河滩地，就像鲁宾孙从海里走上孤岛一般，又一屁股坐在沙石上，半天不动一下。真是一场生死经历！

痛感传来，鱼钩还钩在大脚趾上，鱼竿则在水里漂着。接下来的事情是取鱼钩，又是一阵钻心的疼痛，不过真是奇怪，我取下鱼钩时，竟然冲着没人的野地放声大笑，笑了很久很久……

这惊险的情景成了我刻骨铭心的记忆。有时候我自豪地想，我的面前曾经横着一条幽深的河流，它让我有了一番犹疑，有了一番挣扎，也有了一番取舍和一番思索，我成功地涉过了那条属于我的河流。

# 那一抹斜阳

夕阳像橙汁一样四处流淌，石亭江上波光粼粼，河水恰似混合了这种美味的成分，真恨不得用手捧一捧来喝。

我们刚洗了个痛快澡，每个人都湿淋淋的。背篓和镰刀在沙滩上提醒我们，出门一下午了，还没割到一根猪草，回去可得挨一顿爸爸的青笋炒肉（篾片打屁股）了。

不过，今天我们有办法。大家借着浓密的树木作掩护，鬼鬼祟祟向农场走去。几里以外的农场总部炊烟袅袋，人们大都去吃饭了。这是个好机会！

农场里全是菜地，每天都有人锄草，他们把杂草和菜叶堆在地头，来不及弄走。这里只有两三间茅屋，留下守菜的人没有露头。我们奔向一堆堆菜叶，放下背篓，胡乱往里装着。我的心在狂跳。这可是偷呀！农场也喂了几十头猪，他们得用杂草菜叶去养大它们。那是二十多年前呢，农家的猪饲料都在田埂上寻，每条田埂都像老鼠尾巴一样，光秃秃的。

突然爆发一声嘶叫。我说是嘶叫而不是号叫，因为声音来自一个哑巴。哑巴是农场里最老实巴交也最受气受累的人，这会儿别人吃饭去了，他却还在值班，等别人姗姗归来，他才能去吃残汤剩菜。哑巴提着一条扁担冲过来，我们呼啦一下四散而逃。我年龄最小，身体最弱，又是在沙窝里跑，没多久腿肚就像灌了铅似的。回头一看，真是冤家！哑巴不追别人，偏偏只向我一个人跑来。很快我就被他手到擒来。

我大哭起来，边哭边骂。我恨哑巴！

哑巴很凶，几乎是提着我走回茅屋的。他拉我到茅屋旁边一片麻地里，那里栽了很多拇指粗细的麻秆子。他折断一根，三下两下把叶子剔掉，就在我的屁股上打了两下。我又哇地哭起来。

忽然，他笑了。我这才发觉，刚才那两下其实并不疼，好像是刚刚沾着皮肉。

哑巴开始对我"训话"。吧吧，吧吧吧吧……他说。他两手比画着，眼睛盯着我看，指了指这片麻地，又指了指我的屁股。我猜他的意思大概是说，这片麻地栽种的目的，就是用来对付小偷的屁股吧。

我不再哭，只茫然地听他"教训"，似懂非懂。好一会儿，哑巴说完了，就摸摸我的头。我感觉到他的手老茧很厚，却很轻柔。他提起我的背篓，在附近菜地里又装了一些菜叶，装得满满的。回来时，他嘿嘿地笑着。

他将背篓为我背上，又在我肩头拍了拍。我有些奇怪，难道他不处罚我了？

哑巴推了推我，叫我快走。我抬眼看他，只见他突然一瞪，露出凶光，又咧嘴一笑，满脸温柔。他的两手还在不停地摆动。

我一步一回头地走了，背篓里沉甸甸的。

老远我都听见他的声音，吧吧，吧吧吧吧……那是在对我一个人说话。

若干年来，我无法忘掉那声音，无法忘掉那一抹夕阳。哑巴对小孩的既恨又爱，都深藏在那夕阳灿烂的霞光里。

好想念哑巴！

# 小镇·酒馆·朋友

朋友二三，溜进小镇的暮色，溜进小镇折来折去的小巷。在某一家虽显老旧却香飘远近的小酒馆边上，跟厨师兼老板的男子唱个热喏，或者跟会计兼跑堂的妇人说句笑话，然后轻点指尖，要定一两道小菜，往小方桌边一坐，慢慢等待，听师傅哗一声放菜入锅，油烟升腾……

那真的太美了！

那是时常出现在脑际的温馨图画。但这幅图画已经离我很远。搬进小城，就意味着失去小镇，踏入今天，就意味着背对昨天。小镇是注定要用我最敏感的神经去回忆的。尽管现在还时常与那几位朋友邀酒，但要么是在装修一新人头攒动的城中酒楼，要么是在霓虹映照碧波荡漾的金雁河畔，多了些时尚，却少了些情韵。

小镇上的日子闲适而又自在，有时候酒一入肚，色一上脸，话一排队，人就有些飘飘欲仙。小镇的夜色没有虚情假意，说到就到，像大大咧咧的少女闯进来，还冲你咯咯直笑。甚至有时候，夏天的蛙鸣也像轻音乐一般绕着耳朵盘旋。门外车灯一闪，玉兰树上几朵零星的花一阵洁白，然后又一团模糊。

在这幅温馨图画中，总晃动着朋友的身影。

"相逢不饮空归去，洞口桃花也笑人。"这句出自《增广》的古话，老被朋友们挂在嘴边。这句话在小镇上说那是再适合不过了。它给人一种山野的情趣，让人觉得自己像神仙一般，即使俗务缠身，也能放上一放。透着一股洒脱，一股自在。

朋友多是豪饮而又健谈的。

他们口里，有峨眉山拦截游人的猴子趣闻，有天安门蓝天白云的壮丽景观，有九寨沟水底世界的清澈空明，有大草原无边牧草的柔软鲜嫩……朋友天南海北地谈，我则无限神往地听。末了，他们常会补充一句：你应该出去走走！我知道，他们都是以"读万卷书，行万里路"为信条的。我呢，二十年来画地为牢，既没有"行万里路"的财力，也没有"行万里路"的机会，所以就以小镇为满足，深信传说中的伊甸园就在这里。孤陋寡闻，只好傻乎乎地听着他们的故事，傻乎乎地为那些故事拍案叫绝。

不过，他们对我的惋惜和我对他们的羡慕很快就在酒里溶解掉了。朋友绝不是附庸风雅，他们对有关酒的诗词十分熟悉。有时候他们抬出李白诗，捧出东坡词，拉出陶渊明，请出欧阳修，甚至王羲之的《兰亭集序》也整段整段地往酒杯里放。何等快哉！一时间，像多加了些人参鹿茸，酒有了内涵。一时间，厨师侧耳想听出我们说的究竟是哪门子外语，最后还是嘿嘿一笑，怀着一丝半缕敬意又端上免费菜汤一碗，而跑堂的老板娘则提着水瓶再添了茶水一道。

"五花马，千金裘，呼儿将出换美酒，与尔共消万古愁。"这是多么气壮云天的劝酒词，不过，小镇很小，小镇也很温和，小镇上没有什么万古愁，只有两三个逍遥自在的朋友。小镇上的灯火即使不眠，也只有那么零零星星的盏盏点点。

不知不觉间，某个朋友的手机突然大唱"爱上一个不回家的人"，或者就是"归来吧，别再四处漂泊"。如同圣旨传到，赶忙接听，一个刺耳的责骂让大家都惊觉时间已晚。一看桌上，菜凉了，汤浅了，酒见底了。于是大家一笑，有人起身，有人拿衣服，有人揉醉眼。付账如同打架。我抢着给钱，却常常被朋友拦腰抱住，往大街上扔，只空有宴请他们的想法。是的，我不胜财力，看来只能做他们的"酒肉朋友"了。

出门互相一挥手，各自走散。夜色便黑黑地汹涌。

　　我不忍心丢失的记忆，老是折磨着一颗恋旧的心灵。在小镇上一生活就是二十年，可突然之间跌入城市的漩涡（2006年，我调入城里任教），于是有些天旋地转，有些喘气不匀。我处于树在移植期间常有的萎靡状态。有时候，我恨不得像孩子那样反悔，乞求回到从前，但这样的想法真的是太孩子气！

　　小镇上太阳走得慢吞吞的，不像城里轮胎老在路上摩擦出尖叫。慢是一种人生哲学，也许慢正是"采菊东篱下，悠然见南山"的精神实质，也正是"行到水穷处，坐看云起时"的真正脚注。我深信爱因斯坦的相对论，深信各人的时间快慢不等。现在，站在快里望过去的慢，有一种恍若隔世的感觉。

　　朋友，在小酒馆的炉火映照中，你们的脸庞，还依然洋溢着幸福的红光吗？

# 今夜泪水为您而流

　　认识鄢达明老师是1983年。那时，我在三水中学读初中，鄢老师是给学生卖饭菜票的。一大群人挤在他的窗外，我呢，个子小，就在最外边干等着。鄢老师个子也小，他在房里起身将门打开，把我叫进去，问：你是不是叫谢丰荣？我点点头。他说，我先卖票给你！其他人不服，开始起哄，他眼一瞪说，有本事也考个全年级第一！

　　鄢老师附带给学校开关校门，传达室就是他的办公室。他有一个闹钟，我常到他那儿去坐坐。后来鄢老师说，干脆你住我的传达室，每天帮我开门关门，咱们互惠互利！我立即答应，因为学校宿舍少，只允许毕业班学生留宿，我爸正发愁呢，我家离学校将近十里，每天一个人走去走回的确不便。

　　我于是享受了全校最好的住校待遇。电灯想开就开，自己学习起来相当自由，不像毕业生受老师统一安排。闹钟一响，我就打上手电筒，穿过电影院边窄窄的巷道去把校门打开，或者关上，然后又穿过窄窄的巷道回来。巷道很长，黑咕隆咚，深夜十一点，早上六点，时而有老鼠一晃消失，寂静中发出吓人的响动，我十三岁，总是壮着胆子经过。尽管如此，我很知足，一早一晚做事都很准时，鄢老师对我非常满意。

在初中，我蒙受老师的恩惠。广师毕业后，分进母校教书，但鄢老师已经退休。他就住在三水镇上，我们见面的时间往往是在街边，个别时候他来我的办公室坐坐。但是遗憾的是，我从来没有去过他的家里，没有为他买过一点儿足以表达感激之情的东西，哪怕几斤苹果也好。

鄢老师是个达观之人，经常开些孩子气的玩笑。比如他对我说，今天你能见到我，是你的荣幸，因为中南海派飞机来接我开会，我没有同意。又比如说，美国总统昨天晚上陪他打了一晚上长牌，所以今天起来晚了……在鄢老师的幸福词典里，总是有"中南海""美国总统""联合国秘书长"之类的词语，而这些大词语又总是对他起陪衬作用，让人觉得他的一生真是海阔天空。你听他说这些笑话，神色庄重，简直真是说自己的事情。那份演员般的投入，那份幽默大师般的自在，让人油然而生敬意。

鄢老师随时都乐呵着，不像我随时都愁眉苦脸。他总是"严肃"地开导我，谢丰荣，你怎么搞的？年轻人，心胸开阔一点嘛！不要总是看到生活的阴暗面，要多向光明面看！比如我，活八十多岁了，多少次涨工资轮不到我，轮到我时又只享受"尾巴待遇"，我像你的话，不就跳了无数次河啦？你看，跟我同龄的人，他们是要风得风要雨得雨，好像每次都比我风光，可他们都早早见马克思去了，我比他们逍遥了多少年，这不全都赚回来了？这叫笑傲江湖懂吗！

鄢老师摇头晃脑，用手大幅度比画着，尽管他身材瘦小，但那气度，真有些仙风道骨呢。

有一段时间鄢老师迷恋上唐诗宋词，还到我办公室来要了一摞作业本，说是每天练字，边练字边背些诗词。他问我"王禹偁"的"偁"该怎么念，问我苏东坡的词是不是都那么豪放，看来他正在诗书和字画中自得其乐。他就是那么洒脱，而且是真的洒脱，不像我见过的其他人自己标榜的洒脱。

和鄢老师最后一次见面是在大街上。鄢老师先认出我，他在街对面站定，大声喊我：谢丰荣！他喜欢操"标准"的普通话跟我打招呼，总是把"荣"发成"蓉"的音，而四川话不是这样。我快步到他面前，毕恭毕敬请了个安。他一惊一乍地打量着我，说，镇上闹得沸沸扬扬，说你出事了！我们师生一场，几天来觉也睡不好！快说说你怎么啦！我莫名其妙，说自己没病没灾，好好的呀！他一本正经地教导起我来，年轻人，要想开些！我听说你就要"上吊"了！我这才明白怎么回事，捧腹大笑。我说我的确"上调"了，从三水中学调到广汉中学。鄢老师装出恍然大悟的样子，哦，原来如此！不是上吊，是工作往上调动！我说嘛，谢丰荣哪会干那种蠢事！好小子，祝贺你！

　　鄢老师是去年腊月驾鹤西去的，享年八十八岁。后来我父亲想起，他曾在此前一个月左右见到过鄢老师，还谈了好一会儿，那时身体还硬朗着呢，怎么就……父亲说，那天话题都是围绕着我的，鄢老师直竖大拇指，说这小子有出息，我早就看出来了！

　　鄢老师，学生在今夜，泪水为您而流！在天国的路上，请您一定走好！

# 二芭茅，蓝水河

　　易家河坝，河床有一里多宽，青青的二芭茅长得满滩都是。大多数时候河水只在中间流淌，形成一条河中之河。站在高高的堤埂上望，水就在芭茅丛中弯弯绕绕，像一条轻盈飘动的丝带。有的地方全是鹅卵石，看不见一丁点儿细沙，有的地方又全是细沙，没有一粒小石子。

　　我们住在六大队，离易家河坝只有两三里路。儿时，我们最爱背个背篼，装把镰刀，早早来到河边。早早是多早？中午吃了饭，妈妈强迫睡午觉，睡是睡了，眼睛却老是闭不上，只要一听见贵贵、刚娃、明明在屋外的喊声，一骨碌就爬起来，然后是门砰的一响，人就不见踪影。身后传来妈妈的笑骂，别去洗澡呀！回来我要抠背，抠出印儿来，小心挨你爸的篾条！其实妈妈明知我这么早出门，不为去河里凉快凉快那为什么？只是她并不怎么阻拦，由着我们的性子去玩。

暑假天，太阳晒得地面滚烫。我们全都光着脚丫，像一群鸭子渴望下水一样，经过细沙滩，又经过鹅卵石滩。然后，背篼一松，衣服一剥，一群赤条条黑泥鳅迫不及待跳进蓝汪汪的河水里。河水扑通扑通溅起水花，好像连声说着"欢迎欢迎"。由此可见，河水也是一个小孩，它害怕寂寞，它一见到我们就兴奋，好比我们见到它一样兴奋，我们一下水，就好比在为它搔痒痒，它就笑得前仰后合的了。

我们戏水的主要节目是，从上游向下漂，漂够了就爬上岸，回到上游又漂。你不知道，河水有一两米深，人顺着急流，一只脚在河底轻轻一点，人就冒出水面老高，又慢慢沉下去，另一只脚再一点，人又冒出来，那滋味，（太好了！）简直就像在太空里行走，如果水再透明些，远远看去，人就像在月亮上一样，轻飘飘的。

在水中嬉戏够了，我们又会在二芭茅里捉一下午迷藏。二芭茅比人高多了，一藏进去，就只闻其声，不见其人。我们先玩石头剪子布，谁输了谁就来捉猫猫。捉猫猫的最倒霉，大家轻易就可以藏身，找一天也找不出来。于是，捉的人就边走边喊，小荣，我发现你啦，出来吧！贵贵，你那屁股露在外头呢！或者故意做个鬼脸，说些笑话，目的是让人暴露行踪，他就立马去捉。再不然就把二芭茅弄得哗哗直响，这叫打草惊蛇，想把藏的人吓出来。

二芭茅深处，常常在不经意间，你的手会触到一个鸟窝。那也不稀奇！我们不知掏过多少鸟窝，捡过多少鸟蛋了。有时候我们把十来颗鸟蛋装在兜里，等晚上回家一看，鸟蛋全打碎了，兜里稀乎乎的。

第三个节目往往在太阳不怎么热的时候进行。我们在堤埂上砍些树枝，扎成扫把形状，然后放在堤埂顶上，人坐在中间，呼地滑到堤埂下边去。这跟现在游乐场里的滑梯是一个道理，甚至还有点儿过山车的刺激。只是距离太短，那种快感只能持续两三秒钟，要不然，我们会坐着不起来，让屁股下的树枝像女巫的扫帚一样飞遍整个世界。

我们骑在树枝上，一边向下滑，一边大声尖叫，呀……当滑到堤埂底下时，大家倒成一团，笑个不停，全身滚满沙子，裤子上青乎乎的，像刚染过。

太阳很快就要落山了，少年们总是要等最后时刻才想到今天的任务。我们是出门割猪草的，可背篼里空空荡荡，这时慌了神，赶忙挎上背篼，一齐挤到小小的田埂上，趁着夜色未暗，乱刀砍得泥土纷飞，背篼里也就一小把一小把地多了些青绿颜色。慢慢地，青绿颜色又向上涨起来。等到有背篼一半时，我们放心了，停下镰刀，用手把猪草像抖棉花一样抖得蓬松松的，这样，猪草看上去又"多"了不少。于是，我们轻脚轻手地背着这点成绩，生怕走急了猪草又沉下去，那就不好对付爸爸审视的眼光了。

童年真是太美了！

可惜，现在的易家河坝只剩下空空的河滩，再也找不到一根芭茅。就是这样空空的河滩，也被采砂船和汽车弄得坑坑洼洼，再也没有那纯净的细沙，清一色的鹅卵石了……

# 旷　野

至今我也没有见过真正的旷野，至今我还在渴盼真正的旷野。

小时候，被称作旷野的，不过是一片四周都围绕着村落的田地。天气好的话，可以就在家门前，看见对面的房屋，看见四周村子边缘来来去去的人影，听到拖拉机在树木背后发出的隐隐的轰鸣声。宁静中，时而一声狗吠传来，使这片田地上的人们两不寂寞。但是，它的确是我一生中钟情的"旷野"。

不论割草、放鸭、下地干活，还是散心、晨读，我都自觉或不自觉地走进过旷野里。这也是周围几村几社共同的聚宝盆啊！一条晴天满是坎坷雨天满是泥泞的机耕道，笔直地从我家门前插向对面。这是这个旷野的一条标准的直径。这条路，流淌过汗，奔腾过血，倾倒过热望，运载过收获；这条路，肩挑过黑土、青苗、黄谷，也肩挑过蓝天、白云、红日！这个近似于圆形的空旷地带，在我心里，就与一个饱满的乳房作用相同。它哺育的可是周围的几千号人啊！土地黑了绿，绿了黄，又黄了黑，这空旷中，究竟是空？还是胀？

朝雾淡淡的早晨，捧着一本书，来到这个模糊的圆心，你会感受到淋漓尽致的读书之妙。还是先随我抬头远望吧！青绿的原野，深绿的村子，仿佛这是最好的摇篮。白雾，就像那佳人似的村庄在沉睡不醒之际，斜掉下来的丝缕一般，缠缠绕绕，明明灭灭。每每如此，我都会产生一种伫立天坛的幻觉，据说，在天坛的回音壁中心大吼一声，声音几次回荡才会消失，我从没有在我的"天坛"里大吼过，如此神圣的地方，还是用心去感悟更好些。

一边读着书，一边呼吸着至纯的空气。也许最愚笨的人，在这里也会脱胎换骨。也许最平庸的人，在这里也会产生一系列的豪想，诸如理想、抱负、作为，诸如未来、人生、求索之类，会不自觉地涌向你的心头。那份博大，宽容了你内心世界过去所受的束缚，自由了你在狭窄空间里形成的羁绊，也明朗了你一向灰暗的心境。这时候，你坐着、蹲着、站着都可，你默读、吟诵，甚至高唱也没什么不可。旷野容许一切，容许你沉静，也容许你激动，容许你虚怀若谷，也容许你妄自尊大。这旷野，已经被农民们证实了是最适宜于作物生长的，也将被一个读书郎证实是最适宜于上进的！

在旷野里，在这个最好的摇篮里，我已经长大成人。我走出了这片旷野，一边缅怀着它，一边又在渴求着更大的旷野！

# 狗　　友

想起老屋，就一定想起喂养过的狗。

狗是特有灵性的。喂养过的狗，都牵着我的喜怒哀乐。

它们的共同点是：都几乎"热爱学习"。我背上书包，狗就凑上来，摇着尾巴，那意思是说："带上我吧，小主人，咱俩做伴。"我自然要它跟着。在路上，我们会赛跑，我的书包"啪嗒啪嗒"拍着屁股蛋，而狗则跑上一阵，再转身停下来，伸着舌头边喘气边瞅着我，大概是讥笑我的两腿不中用吧，反正那得意劲儿，那眼神乌黑的样子，别提了！常常，我在教室里，我的狗就在教室外，有时，它从门口往里瞅我，前腿伸直后腿坐地，不知是嫌老师讲得太多呢，还是怎么的，它很没趣。这时候，它不敢进来，我不敢出去，人与狗只用眼神对话，我们就这样，耐心地等着下课，好一块儿在路上玩。有时候，老师问："这是谁的狗啊？老不走开。"同学们就说："谢丰荣的。"而且都笑起来。狗是我的"书童"，咋样？

狗却对看电影没有兴趣。那时候，农村演坝坝电影，一村一村地放，我们就一村一村地追着看。大人小孩，早早吃了夜饭，扛着高板凳或提着小独凳，黑乎乎地摸上几里路甚至十几里路去，又黑乎乎地摸回来。狗将我们送到目的地，一会儿就不见了踪影，大概是恋着它的狗窝吧。而夜深归来，它又在老远的地方摇尾迎候了。有一次，它突然从黑暗中扑向我，我仰身便倒，魂飞魄散，却又感受到一阵舌舔身擦，就像人和人拥抱似的，才明白它是开了个大玩笑罢了。我不知它构思了多少时候，不知它在黑暗的角落傻等了多久，但也许是它即兴产生灵感，创作了这隆重的一幕吧。总之，它像老朋友似的有心捉弄我，竟然捉弄中又如此富有才情，令我久久不忘。因为，没有幽默感的狗和人是不会这样出场的。

狗是我打架的帮手之一。我体弱，有一次被几个同学摁在地上，却突然身上一松，爬起来时，对手们没了踪影，而狗的狂叫声在竹林背后响起。我大声唤回它，抱着它泪流满面。

我吃再好的东西，也得往桌子下丢上一两块儿，因为我的裤管老被一条尾巴扑腾着，下面有一双热切的眼睛在仰视着我。我们小孩子都爱玩狗，提起它的前腿，让它用后腿走来走去。有时候，止不住就骑在它的背上，"驾驾"地过打仗的瘾。即使调皮到把手伸进它的嘴里，它也友好宽容地大张着嘴，生怕牙齿会碰伤小伙伴们。

人与狗那种融洽相处的情景，至今还是我梦中的一大题材。狗始终忠心地保卫着我，我却有时候出卖它们。好几回，家里穷得容不下一只小狗。尽管那时的狗都很贱，贱到不花分文，只需一句话就可以从喂养母狗的人家要到一只小狗，但是喂大它却常常是件难事。当我只好将小狗带出门去丢弃时，心里充满酸涩。小狗像赶集一样，前蹦后跳，我却迈不开步子，走到几里路外，就该趁它不注意的工夫，一趟子跑开，叫它在迷路之后，自生自灭。但跑到一个地方藏起来，我常常悄悄饮泪。想它如何找不到大主人小主人，会支支吾吾地东游西荡，会被别的大狗欺负，会被陌生的人捡了去，会死在……那常常是一连几天想到就哭。而多少时候,狗凭着它灵敏的嗅觉回来了,直叫人喜出望外,又直叫人更加酸涩。因为,狗还得带出去丢。

是啊,人与狗竟能够完全成为朋友,这只是因为,狗忠诚无私地报答着人。"走狗"一词,首先是褒义的,只是因为一些比狗都不如的人的亵渎,才成为贬义的。而人们常说要"效犬马之劳",大概就是对狗的精神的认可吧。

想起老屋,就一定想起喂养过的每一条狗!

# 父亲钓不上鱼

暑假接到电话,父亲惊喜地问我:孙女说你每天在河边钓鱼,现在河里能有多少鱼!为什么不到乡下来钓?有一个采砂留下的大塘,里面鱼可多了。我陪你钓鱼去!

于是回乡下老家。推开院门,见地上躺着一根长竹竿,弯弯扭扭的,刚剔光枝叶。父亲一见我,嗔怪道,想钓鱼咋忘了我呢?我小时候钓的鱼多着呢!他握住竹竿抖了两抖,说还行,不花一分钱,一样可以钓到鱼的。

烈日炎炎,父亲把仅有的草帽给我戴。他全副武装,提了个大茶壶,拿了个小板凳,背了个大鱼篓,却执意让我空着两手。

大塘有二十亩地。钓鱼的人也真多,没有好位置,我们全暴露在太阳下面。但由于还没有真正体会到钓上鱼的快感,我竟毫不觉得闷热。这里的鱼不少,父亲没有骗我。我很快钓上几条鲫鱼来,父亲却迟迟开不了张。

父亲隔不多久就问我渴不渴,倒了茶,又送到嘴边。他与我相隔十来步远,总是跑来跑去不亦乐乎!小板凳让给我坐了,他是站着钓的,在闷热的太阳下,他大汗淋漓,几绺软软的头发粘在前额上。

那天，我们一共钓了三十条。晚上终于吃上自己钓的鱼了！两瓶啤酒，我和父亲一人一瓶。我们兴奋地交流着各自的感受，俨然是两个经验丰富的钓协会员。父亲说，明天我还陪你！这样，父亲和我连钓了十天。

有个问题我越来越想知道，那就是，父亲每天只能钓上三四条鱼，可他的经验远远超过我呀，这是怎么回事？

那天，太阳特别大。半天没鱼上钩，我正焦躁不安，父亲给我递来毛巾。我望望天空，劝他回去，父亲坚决不干。

跟你在一起，我很开心！他说。

听了这话，我有些感动，就拿起鱼竿到他那里去钓。父亲又开始上蚯蚓。我禁不住问："爸，有那么多又细又红的蚯蚓你不选，干吗用又粗又不红的呢？这可是你教我的！"父亲笑笑，照我的话重新去选蚯蚓，可选来选去，都是那种鱼没有胃口的蚯蚓。原来，父亲根本看不清蚯蚓！我心里一痛，呆呆地看着他上蚯蚓，足足看了好几分钟……

只见父亲一手捏鱼钩，一手捏蚯蚓，双手直抖。鱼钩那样小，比绣花针还难摆弄，而蚯蚓又那么细，还是活的，在指间扭来缠去，更添不少难度。他脸上汗水直淌，手背也渗出密密麻麻的细汗，汗水、泥巴混合在一起，手黑乎乎的，蚯蚓都快揉烂也没上好。

父亲口里喃喃念叨："动什么！你这家伙！真麻烦……"父亲这是故作轻松。

我终于明白，父亲为什么愿意陪我钓鱼！只要我快乐，就是他最大的快乐！

我终于明白他为什么钓不到鱼，因为他人老眼花，看不清蚯蚓，看不清水面，感觉不出鱼上钩的细微动作。他到岸边来，完全是"陪太子读书"！

我匆匆收拾好渔具，抓起鱼篓，拿起板凳，又抢过大茶壶。父亲呆呆地看着我，以为我在生他什么气。我用手扶着他的腰，说：爸爸，回去吧！我们不钓鱼了！太阳这么大，把您老人家晒着多不好！……

# 好想听一声牛哞

儿时与牛打了不少交道，牛肚子下钻过，牛背上骑过，牛角上攀过，牛圈里睡过。那时候很"阔气"的，孩子的宠物不是狗就是牛，大型着呢！哪像当今孩子，养只乌龟才指头那么大，养条狗跟耗子似的。

成人后长期住在镇上，难得到田野里走上一走。细细算来，二十多年里竟然只见过两三回牛！

牛在记忆深处向我哞哞地召唤。

这天，我又与妻子到乡下去散步，终于看到了一头小牛拴在村边。它静静地伏在地上，用一种明澈的眼光注视着我。好像似曾相识，好像又形同陌路。那黑黑的眼水中，照出了我儿时的欢乐。一阵激动，我伸手去触摸它的毛皮，感受它真实的躯体。

得让牛叫上两声才行！我心里说。

四周无人，为人师表的我一时调皮起来，仿佛又回到儿时。我对牛百般引导，希望听到那声哞哞。牛可是我的朋友呀，哪有朋友阔别这么多年，一见面还不嘘寒问暖的？你得出声呀！

但牛一个劲地吃草，根本不发一语。

我想这也太不给面子了吧。又一想，是不是这牛的"腕"太大了，一定是要我给够出场费才行呢？我就在路边顺手扯一把嫩草，走过去亲自喂它，然后循循善诱地启发式教育。但全是枉然。

由于实在想听一声牛叫才过瘾，干脆自己先叫给它听，以"假唱"激发"原声"，也算抛砖引玉吧。这一引不打紧，却听树林背后居然"哞——哞——"地叫起来。叫得挺欢的！

　　咦，此牛没叫，彼牛倒叫起来了。一看，房子背后转出一个中年男子来，摇头晃脑说道："太过瘾了！今天真长运气，居然听到久违的牛叫了！还叫得这样欢畅！哞——哞——，你听听，多么美妙！直让人想起几十年前的孩提时代……啊！不是牛，是你在叫呀？"

　　我也吃惊地说道："不是牛，是你在叫呀！"

　　真牛没叫，就俩假牛互相应答。妻子在旁边笑得前仰后合。

　　一谈，原来也是个爱牛者。岁月悠悠，好想听一声牛哞啊！

# 抢占秋千的老太

　　去年，河边增添了一些健身器材，我们经常借黄昏散步去活动活动。女儿才五岁，可最喜欢那里的秋千。

　　这天，我们又去。女儿一见秋千就跑起来，与此同时，一个老太牵着一个小女孩也开始从对面跑过来，看样子是要跟我女儿抢秋千的，因为现在只剩下最后一架秋千了。

　　女儿还是捷足先登，她高兴地踩上去，开始用力晃荡。

　　气喘吁吁跑来的老太见自己的孙女没抢到，竟然对着我女儿动手动脚，她好像很生气。我女儿没理她，秋千越荡越高，为自己是胜利者而感到得意。

　　不愉快的事情发生了！老太一把将秋千抓住，又用肥胖的身子一抵，秋千硬生生地停了下来。老奶奶捉住我女儿，把她拉下秋千。女儿一下子哭了。

　　我来气了，几步冲过去。"你这人怎么啦？明明是我女儿先抢到秋千，凭什么把她拉下来？"我对这种以老欺小的行为十分憎恨，不客气地伸手推了推她。

老太不停用手比画，嘴里发出吧吧吧的声音。原来她是哑巴。我懒得理她，就抱起女儿重新放到秋千上去，重重一推，女儿又荡了起来。没想到老太扑过来，秋千撞到她身上也不管。看样子，她跟我来横的了，这种人也太没素质了吧！

只见老太一手抱住秋千的铁脚板，一手指着一处让我看。那上边有一条很长的裂痕，显然铁脚板很快就会折断。原来老太是附近的住户，昨天就发现这个裂痕了，跟人说起却无人能懂她的哑语，只好时刻盯着，一有人来她就制止，尽量避免有人受伤。

看着老太焦急的神情，看着她拼命比画的两手，我满怀歉意。

# 双 份 的 爱

回乡下总能吃到可口的饭菜，父母对我们的喜好了如指掌。

那天，发现母亲用电饭锅煮饭，米是一边高一边低。我问这是为什么，她回答道："你们年轻人都喜欢吃硬饭，我们则喜欢吃软一点的。胃不好嘛！"饭煮好后，真的是一边稀一边干，这样，全家人都吃得很香。

后来又发现，父亲买的茶必是两样，一样是很便宜的花茶，一样是贵得多的素茶。我想起来了，父亲不喝素茶，却从来没有为我泡过花茶，他清楚我对竹叶青情有独钟。

又终于想起，桌上的菜总有燥辣的和清淡的两样。酒既有白酒，也有啤酒。饮料不会只有豆奶，还会有鲜橙多。甚至当零食吃的胡豆，也会有干炒的和混在沙里炒的两种，干炒的梆硬，沙炒的疏软。

反观自己，却十分惭愧。每次父母进城，我也会为他们改改口味，让他们吃点味道新奇的或者价格贵的，但完全没考虑他们真正喜好什么。每次煮的饭都很硬，一点也没有顾及二老的牙口。可他们却从不说什么。

我的爱是单一的，而父母的爱是双份的！双份的更加周到，更加体贴入微！

从此，我也学着他们。书橱里的书除了高深一点儿的，也准备了通俗一点儿的。茶盒里的茶不再是独霸一方的竹叶青，也买了二两飘雪。壁柜里不光有白酒，也放了一箱啤酒。水果也常常是两样同时存在。客人来时，也许很容易就找到自己较感兴趣的东西。

# 难忘的家长会

窗外寒风呼呼地吹着，时不时有一两片梧桐叶飘进会议室来。

家长会静静地开着。我一边讲话，一边察看每个家长的表情，我喜欢这样，我觉得天下最安静最专注的会议莫过于家长会了。家长们望子成龙，唯恐老师嘴里有一个字被北风吹掉。

不过我还是发现今天的会有些异样，但究竟怎么异样却一时又说不出来。后来我明白了，有个家长眼圈一直是红的。她目光恍惚，时不时用纸巾擦拭脸上的泪痕。她怎么了？我立即反思自己，是否某句话令她受不了，比如无意中点到她孩子的劣迹什么的，可是我今天还没有点任何一个学生的名呢！

又一片湿梧桐叶掉到那位女家长的肩上，显然已经沾到皮肤了，可她似乎没有冰冷刺骨的感觉，因为她并不在乎。

她是谁的家长？可我一时想不起来。

家长会散后，我本想找她谈谈，可她随着别的家长很快出去了，而我身边还围着不少家长在问这问那。

等会议室里只留下我一个人时，我开始慢慢看着签到册。突然，我惊呆了！班上只有四十六个学生，可出现了四十七个家长签名！

我赶忙搜寻那个"多余"的家长，结果出来了：她是李颜儿的妈妈。

李颜儿这学期刚开始就转学走了，因为父母离婚，她随父去了外省。

# 分 核 桃

母校种了很多果树，果子成熟，全部分给学生享用。真是快活！

班上有五十个学生，可是数去数来，老师只有九十九个核桃。同学们一边盯着讲台上的核桃，一边盯着窗外那棵高大的核桃树，操场上散落着一地的叶子。

老师苦笑一下，说："又少了一个！"

过去分樱桃时就少了两颗。老师冲班长王维维说："你少两颗吧，你是班长，起个带头作用！"王维维就高兴地"起了带头作用"，老师对他的那份信赖显然比两颗樱桃强多了。

老师开始发核桃，他决定最后发班长的。班长也做好了少一个的准备。可是老师走到他身边时，篮里分明还有两个核桃。这就怪了！

老师环视大家，连问三声："是谁少拿了一个核桃？"

没有人承认。

老师就叫这些三年级的小学生都把核桃捏在手里，举起来，结果没有一个举着单手。

老师只好把两个核桃全分给王维维了。王维维拿够了核桃，反而有些失望。

不久，王维维随父母进城读书，离开了这个令人留恋的母校。若干年后，他考入一所名牌大学，不想，有个叫周清的与他一同考入。这个周清正是母校的同学，过去成绩特差。

他想问个明白。

周清说："你还记得那次分核桃吗？老师本来分给我两个，但我悄悄放了一个到篮子里。老师叫举手时，我右手只是握着空拳头而已。"

"可这是为何？"

"我只是不想看到你那份得意样儿！不过，这个举动被细心的老师发现了，她竟然把我叫进办公室里，称赞我无私奉献，而且很会动脑筋。我的转折点由此开始了！"

# 葱绿的台湾竹

天气凉爽，我去市场买菜，身后来了一辆三轮车，骑车的是个干瘦老头，很精神，咿咿呀呀唱着川戏。见我看他，就笑着问："买盆景吗？"

三轮车上满载盆景，有滴水观音，有台湾竹，还有些小盆景，每一盆都很有看相。我心动了。老头立即刹住车，不失时机地推销起来。他声音洪亮，中气十足，不停地帮我介绍，哪盆造型如何，哪种植物该如何伺待，说个没完。

我问他多大年纪，为什么不在家里享清福，老头说："八十啦！闲着没事，就种点花草打发时间。"说完又对着大街吼了一嗓子。

我选定一盆台湾竹，它长得挺直秀顺，每根茎都差不多高，从上到下没一片枯萎的黄叶，煞是爱人！老头先说二十五元，后来又说："就二十吧，只赚你二两酒钱呢！"

成交后，老头骑车送往我家。我家在四楼，我说自己搬，老头挺逞能的，说要"服务上门"。我只好在前边带路，他端着盆景跟着。不想老头虽然干瘦，却不费什么力气。他帮我选定一个靠窗的位置摆下，接了钱，又从衣兜里掏出一包肥料放在盆里，说："好好待弄！"然后下楼。

我们全家人都很喜欢这盆台湾竹。

可是第二天，那些本来直挺的茎全东倒西歪了，看起来像个零乱的刺猬。我很心痛，找了些毛线把每根茎拴在一起。第三天，那些软乎乎的茎干脆从毛线处折断了，盆景就像受过风吹雨打的小树林，一片狼藉。第四天，所有青翠的颜色荡然无存，台湾竹变得像割倒在地的稻草，又枯又黄。

我们一家子坐在沙发上，呆看着台湾竹。我心里更是有气，暗骂起老头来。这也太离谱了吧！肯定是老头做了什么鬼，他只图自己脱手，不管顾客感受，要不然为什么一买回家就成这样？难怪他又是减价又是送肥料，也许是心里有愧，不好意思多赚昧心钱吧！

那盆台湾竹，第五天就被搬到楼下放着了。

又过了几天，我在大街上遇到卖盆景的老头，就远远地冲他大叫："老头，你卖给我的台湾竹是怎么回事？第二天就死了！"哪知老头见了我，三轮车一拐，很快消失在小巷里了。我跺了跺脚，转念一想，何必跟一个八十岁的人计较，算孝敬一回老人吧！

第二天，天下着大雨。中午我回到楼下，突然发现有辆三轮车停在车棚里，上面放着一盆长势旺盛的台湾竹，而我扔在楼下的那盆也搬到了车上，两盆紧挨在一块，形成鲜明的对比。我正在奇怪，却见传达室里有人正跟门卫高声说笑，谈的竟然是川戏，还时不时来一嗓子。这人声音洪亮，中气十足，正是卖盆景的老头。看来他已经跟门卫混熟了。

我立即走进去,盯着老头,心想,你还敢来这里!

老头见了我,一拍腿说:"可等回来了!"

我哼了一声。门卫忙解释说:"这老哥是来跟你换台湾竹的,都等你两小时了!"

没等我弄明白,老头抢着说:"昨天我在大街上听到你的声音了,可当时急着去送一盆滴水观音,人家顾客在电话里催我,我只好今天来找你啦。"然后又说,"真对不起呀,小老弟!那天是我女儿帮我移栽的,她懂什么!也怪我没检查检查。我给你换盆更好的!这可是我在苗圃里选了又选,亲自移栽的!"

我看着那盆台湾竹。的确,那盆台湾竹长得可真精神,跟老头一样!

他又帮我搬上楼,放到原先的位置上,最后又送我一包肥料,说算是道歉。

"这盆保证活鲜鲜的!"老头拍拍胸口说,又用川戏唱道,"坑人之事,我可不为啊——!"声音抑扬顿挫,特别是最后那个"啊"字拖得跌宕起伏。

等老头的三轮车消失在雨幕中,我回头看着台湾竹,心里漾起阵阵暖意,默念道:台湾竹,你可得好好活着!

# 抱　儿　菜

星期六,龙庭带着老婆孩子回乡下看望母亲。到家时,却见院门紧锁。向邻居一问才知,母亲上街卖菜去了。母亲有两分菜地,龙庭不让她种,她偏种。母亲没有手机,看来只有等了。闲得无事,龙庭发现墙根堆了几棵抱儿菜,心里一喜,准备弄一份素菜。

抱儿菜,在碗口粗的菜根上长满嫩芽,菜因而得名。把鸡蛋大小的嫩芽掰下来,洗净,切开,放到锅里煮熟,鲜嫩无比,清香四溢。正因为此,龙庭爱吃,妻子爱吃,小欣更爱吃。每次母亲看着他们起劲地吃,都打心眼儿里高兴。

突然,儿子说:"爸爸,这不是抱儿菜!奶奶做的不是这样!"

龙庭这才注意到,这几棵堆在墙根的,只是菜根而已。那些掰去嫩芽的地方,恰似无数伤口,坑坑洼洼的。嫩芽没了,菜皮显得又厚又硬,布满纤维,吃着肯定满口起渣。母亲平时就吃这个吗?龙庭心里一沉。他好不容易削光菜皮,一切开,菜心竟是空的。菜根看起来很大,却没多少分量。

平时,母亲一人住在乡下,她知道儿子刚买房,生活不宽裕,就尽量不向龙庭伸手,辛苦种点菜,只为换零用钱用。

龙庭感慨万分。恍惚间,母亲变成了菜根,而他和老婆孩子变成了上面的嫩芽。龙庭看着儿子,决定给他上一课,让他明白奶奶是怎么爱他们的,就说:"以前是奶奶给我们做菜,今天我们为她做一道菜吧!"

儿子来劲了,跑着去抱柴火,妻子掌勺,龙庭则打下手,一家子开始做菜。菜熟时,已经十二点了,可母亲仍没回来。他们把菜摆上桌子,龙庭突然打了个激灵,这才醒过神,赶紧打电话给城里自己的住处。

电话通了,只听一个慈爱的声音略带责备地说:"庭儿,你们三个人都到哪里去了?我今天卖了菜,顺便又赶车进城,给你们送点抱儿菜,这是今年最后一袋!你们没在家,我就把菜做好等着。现在菜都凉了,你们怎么还不回来?"

龙庭说不出话,不停地眨巴着眼睛。

# 草编·艺人

突然看见了蝴蝶！

那是一只巴掌大的蝴蝶，黄黄的翅，绿绿的身，在一根细草茎上轻盈地飞动。岂止蝴蝶，我又看见了蚱蜢，看见了蝈蝈，看见了蜻蜓，还看见了一只半尺长的大龙虾……它们全都在飞动，跳动，游动……我惊喜万分，恍若回到孩提时代。可是我马上明白过来，虾怎么会在半空中游来游去呢？

这是幻觉吧？在这五月的大街上，在一群人的头顶，怎么会突然聚集了那么多的儿时"朋友"，使我因为这些"朋友"而一下子回到了儿时。这的确可能是幻觉，因为，我那些"朋友"都只活动于田间草际，也不会有这么大的身子。这些鲜活生命的出现，着实让我惊疑不定，仿佛一群久违的儿时伙伴猛不丁从树后闪出，向我喊着名字，围住我旋舞，让我脑子里一下涌出千言万语，却又不知从何说起……

终于从迷糊变为清醒，才知道我面对着的是一个草编艺人。

草编艺人黑瘦矮小，他其实只带了一个马扎，一个布绷的轻便小桌，然后就是一个盛水的小盆。还有几件小工具：剪子、火机、鞋底针、红黑毛线。最后就是一大堆叶子，棕榈叶碧绿，扇子叶鲜黄。那些活灵活现的昆虫、大虾，其实都来自这些叶子，它们是在街边临时"产卵"，临时"孵化"，临时破茧而出的。

我亲眼看见了一只蚱蜢的"孵化"过程：

艺人将一片棕榈叶的硬边撕下来，再拿一片扇子叶交替地编织，躯干就初步成形。用剪子修剪两下，翅膀也就有了。紧接着用针在头部一穿，绞断毛线，在线头上用火机微微一烧，就做好了眼睛，还活灵活现的。蚱蜢的触须和脚爪，是用叶子撕成，一丝一丝，纤细可爱。最后，艺人用一根茎穿在蚱蜢腹部，往桌角一插，那蚱蜢就活生生的，在人们眼前一颤一颤了。

从两片叶子到一只蚱蜢，从原材料到工艺品，不到五分钟时间。艺人眼睛时而看着观众，时而望望远处，嘴上与大家说些笑话，但是手下却一丝不乱，行云流水。

一只一只昆虫在问世，每降生一只，人们就欢呼一回。

"哇！这么快就编好了！"

"哇！真像呢！"

"哇！我最怕蚱蜢了，它会不会用脚踢我呀？"

……

围观的人群迅速增多，在这大街边上，高大的榕树为我们挡住了正午的阳光，从叶间透出一种清凉的快意。

我将目光对准艺人的手。据他介绍，自己只是个自学成才借以谋生的乡下人，我发现他的指头上满是黑色划痕。那里一定逗留过疼痛，如今成了成功的不朽印记！那双手平凡无奇，似乎用它去搬砖头，去握清洁用具，去扛煤气罐都未尝不可，但是现在，那双手却在行云流水般舞动着，极有章法，没有一个动作是多余的。

唯有叹服！

再看那些不断从案头跳到人们手里的昆虫，它们眼睛的圆润，触须的纤细，肚腹上纹路的层次感，翅膀上叶片的厚薄度，都恰到好处。好一个点线面体的组合！在用色上，扇子叶黄酥酥的，棕树叶绿油油的，好一种浅与深，明与暗的对比！

突然一群孩子涌来，不知不觉已经放了午学，他们也被这些玩意儿彻底征服了，叽叽喳喳谈论不休，谈的竟全是生物上的知识。他们纷纷掏钱，直将这些一元两元的小东西买得一只不剩。我恍然又回到了童年！

第二辑 / **爱的雕塑**

# 一首诗的由来

那一段日子，我内心十分烦闷，动不动就会发怒。挨骂的学生茫然地看着我，不知是什么原因。虽然我是班主任，但是课余时间很少到学生中去，一下课挟上书本就下讲台，下了讲台就出教室。那几天的天气也不好，阴风冷雨泥泞，我见到什么都烦！烦！

尽管我知道：作为一名教师，是不可以将自己的情绪带进课堂的！

我做着各种尝试，想让自己在课堂上一如既往地谈笑风生，一如既往地风趣幽默，保持轻松活泼的气氛，但是，我太情绪化了，始终没能做到这一点，为此，我怀疑自己是不是一个好老师。自己生活中的不顺，却强加给无辜的学生，在他们面前，我觉得自己明显地表现出性格中的脆弱。

走进教室的瞬间，我隐约听到一些有关我的议论，但是一见到我，他们就什么也不说了。

4月18日那天，我的心境也没有多大的好转。这天是我的生日，首先是吃了母亲硬性规定的两个包了红纸的鸡蛋，接着接到父亲的长途电话，听他以文绉绉的语言表达出来的"生日快乐"的意思，为此我感动了大约二十分钟时间。母亲迷信，父亲好像还要迷信一些，他问我家乡的天气状况如何，我说红日东升阳光普照，他就说这是你要走红运的象征。末了连连叮咛我不要整天愁眉苦脸的，多想想学生，想想工作。我说好的。

但是我还是有气无力地走进教室，去上今天的第一堂课。快到教室，几个向外探头探脑的学生，一见我，就向里面"嘘"起来，我心里就开始有气，心想："这帮家伙，又在搞什么名堂！"

铃响了,我将书本放到讲台上,低着头,谁也没看就说了一声"上课"。

"起立!"我听出是班长刘娟的声音,心里还在想,今天怎么是她值日呢。

"谢老师好!祝谢老师生日快乐,天天快乐!祝谢老师笑口常开!"这是全班学生整齐划一的声音。

我突然像受到电击一般,心里一震,不,应该是全身上下都一震,我至今还能感觉得到那一震有多强烈。我抬起头来,五十四个学生的脸这才清晰地映在我瞳孔中。他们热切地看着我,眼睛里都放着光,仿佛在干一件全身心投入的事情。班长刘娟狡黠地向我笑着,那几个前几天还被我骂得"狗血淋头"的同学也在笑着,好像什么都忘得一干二净了。

我半天开不了口,咧嘴向他们笑起来,我的手不自觉地去摸了一下头,恰似一个不知所措的学生,我又赶快把手放下来,这时,他们哈哈地笑出声音。

不知是谁喊了一句:"大家唱生日快乐歌吧!"刘娟就准备起头。我赶忙制止,对他们说:"同学们……对不起,我很激动……感谢大家对我的祝愿!我今天最真切地感受到,同学们有多可爱!最近,我心情一直不佳,自我感觉好像是生活在风雨中一样,我想我今天真的是见到彩虹了!"

他们又笑了,然后,我指着窗外说:"同学们,我现在看清楚了:满世界阳光灿烂,阳光灿烂啊!"

这样,我在那天晚上,于不眠之中,写下了这样一首小诗:

### 生日快乐

我不懂
洲际导弹需要多少人
计算和瞄准
我幸福地遇难了
早晨
我被炸得阳光灿烂

震耳的问候

同声的祝福

竟然在讲台上

盛开

如焰火

将我的开场白

冲荡得语无伦次


记住吧:生日那天

有快乐埋伏着

记住吧:某年某月某日

你也应该

更猛烈地还击


教师在生日那天

被学生俘虏

投降了那一群真诚的眼睛

并且

决心交出一生的信念

# 怀念学生情

　　回忆过去是一种姿态。在回忆中肯定自己，在回忆中反省自己，也在回忆中努力不丢失自己。

　　从教二十多年，可谓岁月悠悠，有许多浪花开在细细的沙滩上，与彩贝一起旋舞，让人难以忘怀。

　　我无法忘记二十年前的一封信。一名毕业女生用长信评价一个刚刚从教的青年教师。由于是书面交流，信里多是直言。她用几页篇幅赞扬我的课堂生动，不拘形式，让听课人不感枯燥。但结尾毫不客气地说：我的表现是虎头蛇尾的，有些令人失望，第一节课最耐听，曾经让全班学生眼前一亮，以后就有节节"败退"之嫌，主要原因是，有激情而无热情，生活中的不顺心事常左右课堂。

　　这封信我没有珍藏，但对我的心灵震撼太深，至今不敢遗忘。一个学生对教师的评价往往一针见血。

　　我无法忘记教师节的鲜花和笔记本。大概是1991年吧，那一年我成"巨富"。教师节里，我收到两本相册，八本笔记，十来束鲜花，还有不少明信片。那天我不得不承认，心情超乎寻常的愉快。以后每个教师节都能收到一些问候，一些祝福，两三个电话什么的，但再没有那年的多。其实多与少，教师不会刻意追求，但让人无端地傻乐一下也是可能的。

　　我无法忘记学生为我唱响的生日歌。三水中学2004级的学生都显得善解人意，懂得出乎意料让老师高兴。那天我吃了母亲包的红蛋，接到父亲电话里的问候，听到女儿甜甜的祝福，尝到老婆的一记亲吻，已经深感自己"福如东海"了，哪想到一走进课堂，随着班长清脆的起立声，一阵震耳欲聋的歌声响起："祝你生日快乐！……"我激动得手足无措，整节课晕晕乎乎。

我还忘不了门背后一行大字。广汉中学实验学校2007级3班也富有创意。那是一个平常日子的晚自习，我一到教室门口，全班鸦雀无声，语文课代表捧着课本跑到我跟前，用手势跟我比画，嘴里却一字不说。我万分诧异，心想今儿个是怎么啦？不想于无声处听惊雷，他们齐声叫道："感谢谢老师已经教我们一周年了！谢老师请看门背后！"我一看，门背后用彩色粉笔写着的就是这行字，下边还画了一个大大的红心。我激动得两眼欲潮。

我更忘不了那年的元旦节。三天前，文秋菊（一个两年前教过的女生）打来电话，说她正在金雁中学读高二，成绩居全班第三。她说她很感激我，因为初中成绩只能算中等，是我的关爱增强了她的自信，改变了沉默寡言的性格。她叽里呱啦地讲着，我感慨万端地听着。

末了，她问："谢老师，我想给我爸一个惊喜，还得请你成全。"我问她什么惊喜，我怎么做。她说："元旦节，我想给爸买双拖鞋，但不知道他脚是多大，你个子跟他差不多，请问你穿多大的鞋？"

我连连赞叹，好个聪明乖巧孝顺的女儿！然后我说了自己穿多少码的鞋。不想，元旦节那天，文秋菊到我家做客，却把拖鞋穿到我的脚上。这才明白，鞋是给我买的，她在电话里拐弯抹角，是怕我不答应她的好心。她其实是给我一个惊喜！

鞋很合脚，也很暖和！

我忘不掉的事情还有很多。我是一个教师，愿意终生收集这些小小的虚荣，并为学生赠予的这丁点虚荣而心甘情愿苦干一生！

# 5.12:我的特殊生日

依照农村习惯，我的每个生日都在农历四月十八日做。而今，四十岁生日又要来临。极其偶然地拿起台历，极其偶然地想看看生日那天究竟是星期几。一个触目惊心的数字映入眼帘，天啦，那一天正是5.12!

那是数以万计的同胞的祭日!

这真是一个巧合。对我而言，还有一个与之相关的巧合:去年，在经历了那次强震之后，我接手的两个班，一个是5班，一个是12班，合起来正好是——5.12。

我在家长会上说，我教的是5.12。这是一个黑色笑话，家长们一个都没有笑。我说这个笑话，其实自己也丝毫不觉得幽默。

永远也忘不了，一千多学生在楼梯里惊慌失措，头上有树叶或芭蕉叶大小的水泥块纷纷掉落;永远也忘不了，操场上惊魂未定的孩子们互相拥抱，彼此交流着晶亮的泪水;永远也忘不了，余震时一个箭步冲下楼去那种惊弓之鸟的张皇;永远也忘不了，草地上花花绿绿的帐篷，帐篷里红肿如眼睛彻夜不能安眠的蚊香;永远也忘不了，墙角倒竖的啤酒瓶，和那一声最怕响起却随时都可能响起的破碎声……

从死亡的边缘逃出来，该如何庆祝生命?

以一种怎样的姿态过这个特殊的生日最为合适?

我开始认真地思考起来。我想——

我会在生日那天，一睁开眼睛就对自己说，你好，幸运的人!然后贪婪地深呼吸十次，感受那清新的空气，闻阳台上那馥郁的花香。我的脑海里会浮现出地震中罹难者的画面，为他们未能再这样舒畅地呼吸而深表哀痛。

我会在电视机前等待国祭到来的一刻，凝视着鲜艳的五星红旗冉冉升空，用最诚挚的爱国热情默默祈祷，静静祝福，暗暗宣誓，将祖国的顽强意志融入自己的血脉中，将人民重建家园的信念浇铸在自己的筋骨中。我知道，每一个中国人都会这么做。我还会将目光从飘舞的红旗移向蔚蓝的天空，感受尘埃落定之后的那份纯净和稳固。

我会在无数个网页上留言，在成千上万的跟帖后跟帖。我不放过向网友讲述亲身经历的机会，不放过阅读和倾听、悲伤和感动的机会。我会在博客上发一首小诗，让它像一片雪花落进整个中国共同的情绪中。

我会在亲朋好友的祝福声中，笑得灿烂些，再灿烂些。也许他们会举起一杯美酒，让我一饮而尽，我会比过去那三十九个生日更珍爱这杯酒，仔细品味那酒里点点滴滴的幸福，丝丝缕缕的情意。

我会在5班和12班的学生面前，将那天的课讲得更投入。也许他们一时不会明白，谢老师今天为何有些不同？是眼里多了些深沉，还是脸上多了些郑重？

夜深了，我会在经过粉刷的房间里仔细端详，看乳胶漆隐藏起来的长长短短大大小小的裂痕。那是像恶魔的爪子一样的裂痕，那黑色的，尖利的纹路足以让人心中一悸。然后我会用手轻抚头部，仿佛要触摸那铭刻在记忆深处的看不见的裂痕。这时，我一定会想到一年前那堆砸得粉碎的砖头瓦块。好在广汉是重灾区里的轻灾区，我们的楼房还能居住。我们仔细地粉刷了房间，将所有砸碎的砖头瓦块都清理掉，生怕有一个印记会不经意刺痛心灵。但是我们知道，一个民族的历史深处永远堆着一堆惨烈的废墟。

四十岁，一个开始不惑的年龄。我这个特殊的生日，背景是那样凝重。由于不得不思考生命，所以对生与死的领悟，会加重了"不惑"的含义。

四十岁，我因思考了许多许多而不惑。

这就是5.12——我特殊生日的全程设计。

# 父亲不再打篾片

我不敢正视父亲。

我不敢正视他，是因为他手里拿着一根篾片。那篾片很长，很硬，很厚实，要是打在身上……我一想到这里，屁股和肩背就生起阵阵疼痛。

父亲像天神一样站在我们三兄弟面前。理由很简单，我们又疯玩了一天，作业一字未写，该到野地里割的猪草连篓底也没盖上。很快父亲的篾片开始飞舞，我们三个东躲西藏，却避免不了身上爬满红色的印记。

这就是三十年前留给我的深深一幕。

我一直觉得自己很害怕，整个童年都很害怕。不过自从多次挨打之后，我开始稳居全班第一，又开始稳居全校第一，小学，初中，再后来顺利考入师范。我在体会到幸运之神的光临时，突然有一天，我发现父亲挥动篾片时的情景，那是一种值得终身珍藏的幸福！

很简单，篾片上凝聚着父爱，恨铁不成钢的父爱！

自从我学习成绩飙升后，父亲的篾片消失了，他脸上的表情也由铁青化为骄傲，为儿子的成就骄傲。

我也不再不敢正视父亲了。

一天，我为学生布置了一篇作文，话题是写写父亲。

第二天来的时候，一个学生因为贪玩交了白卷。我勃然大怒，在班上将他骂了一顿，然后我拿出自己写的下水作文（教师与学生一道写的作文），动情地念，念我心目中的父亲。同学们静静地听，听我从父亲的严厉中体会到的慈爱。

一边念，我一边盯着那名学生，可是，他不敢正视我的眼睛。

下课了，那名学生自觉进了我的办公室，他向我保证说，他马上就可以把作文写出来。我就给了他半小时。不想，他二十多分钟就写出来了。我拿过来一看，突然心里一紧！

作文里，这名学生说，他没有父亲，他的父母离婚了，他跟着母亲。可是今天谢老师冲他生气的时候，他突然感受到一种父爱，因为只有在严厉的父亲面前，他才会觉得心虚。他还说，他想道歉，既是向老师道歉，也是向"父亲"道歉。无疑，这篇文章写出了文采，更写出了真情实感！

我抬起头来，发现这名学生在哭。

本来我准备再好好训斥他一顿，可是我的心里填满内疚和自责。我的父亲早就对我收起了篾片，而我现在对这名学生的怒骂，正是语言的"篾片"，这篾片可不能一直用下去，教育中应该更多地用到爱抚。

我在他肩上重重地拍了拍，用的是父亲的力量。

然后我盯着他的眼睛，鼓励他也盯着我的眼睛。我们的眼里流淌着一种液体，那液体肯定叫：幸福！

# 奢侈的葱

我面对着一大堆葱！

绿色的葱放在厨房的墙边，占了很大一个角落。我蹲下去，对着它们发神。天啦，这么多葱怎么吃得完，我想不出办法可以妥善保管它们，即使每顿饭狂吃也无济于事。因为上回就是眼睁睁看着剩下的全部烂掉（为了保鲜，洒了点水），而上回的上回则是看着它们干得像稻草。

于是每一顿饭，我们都很奢侈，奢侈到大把大把地往菜里加葱！

我埋怨过母亲：妈，你什么不拿，咋就想到老远给我们送大袋大袋的葱呢？

母亲住在乡下，上趟城有几十里路。

母亲总是笑着，她可不管儿子语气里充满的责备，她说：菜那么贵！你知道葱多少钱一斤？两块多了！反正家里种得多，何必去花那些冤枉钱呀。

你一来一去的车费就不是冤枉钱？但我这句话只留在心里，没说出口来。

母亲一来就靠在沙发上，半天起不来，又是喝藿香正气液，又是揉太阳穴。她身体虚胖，总是晕车，好长时间才能缓和过来。可那种昏沉痛胀的晕车折磨一过，她就笑着，盯着我看，盯着儿媳看，也盯着孙女看，满意地谈起没完没了的事情：什么家里的母狗又生崽了，整整六只，其中两只最乖，一只叫招财，一只叫进宝……什么自己每天替人打点口袋，每个月能挣一百多块钱的零花钱，你们当儿子的就少给点钱吧，你们要买房，压力很大……什么东家长西家短的，她只管唠唠叨叨地说，我只管一声不吭地听。我真不想打断母亲的诉说，因为我知道母亲喜欢向儿子儿媳这样诉说。

母亲这样诉说，那是母亲的快乐！我这样倾听，那是我的快乐！

母亲回乡下去的时候，又会晕车，又会有那种昏沉痛胀的折磨，又会花那笔冤枉的车费。但是，母亲还是执着于时不时为儿子送一大口袋的葱。

母爱，本身就是绝妙的调味品，母亲一来，就等于在我的日子里，加入了一种家常必备的滋味！

我喜欢吃母亲送来的葱，吃得这样奢侈！

# 她是我的妻子

那个女人瘦瘦的，她在人群中张望。挎着的黑包对着我，颀长的黑发对着我，而那张白而小，小而精致的脸则转过去。她拿出手机，拨了一通，我的兜里就唱起歌来。可是我不急着接。我定睛看着那个女人，她因为没找到人而四处张望，嘴里还轻骂了一句，骂了之后又自顾自地笑笑。她的笑闪动着清秀。

她是我的妻子，她要找的人是我。而我则在人海中痴痴凝视着她，我的眼睛因凝视而满含深情。

那个女人瘦瘦的。曾经有人像发现秘诀一样向她讨教，说她身材实在是好，问每天要进行哪些课程。她当然有些得意忘形，而我在一边苦笑。她婚后压根儿就没"肥"过！既然没肥过，谈什么减肥？我赶忙在两个女人中间插嘴，以正视听："她呀，再长十斤肉才行，连走路我都害怕她倒！"

我希望她胖起来，那么我心中埋藏的歉意才可以消下去。从她父亲手里接过她的那一刻，我就知道，今生，我的指缝太稀，会流逝本属于她的太多幸福。

我不止一次这样凝望过她，而且从未告诉她此刻我心中的痛楚。的确，在人海中凝望为你付出太多的那个人，是一种痛楚！

那个女人在药厂上班，两班倒，时间也长。和她同车间的那些女人，大概没有称得上肥呀胖的，瘦是她们共同的体型特征。由于工作繁重，她回家时总会先靠在沙发上，半闭着眼睛养神。然后她用无力的声音叫我："荣，你去弄饭好吗？"每当这时，我显得有些不快。因为我一直以为自己也很累，经常与她争论身体累和精神累哪个更累。结论就是：我比她累，所以饭还得她弄。

那个女人只好软绵绵地起身,到厨房里叮啊咚地做了起来。这时的我则继续保持疲惫不堪的姿势,懒懒摁开电视机。

平常,她会有些小要求、小情调,老爱向我征询。比如穿衣,她问:"荣,好看吗?"或者,"还有件红色的,求你陪我去试试吧。"她爱撒娇,爱乞怜,爱跺脚,爱摇摆着身子,我经常上当,在她一脸幸福之中,昏头昏脑陪她出门。可每次都不胜其烦,最后竟咬牙切齿发誓:"陪女人逛街,这太要命了!下次打死也不!"

好在下次到了的时候,我发的誓又被她的撒娇乞怜跺脚摇摆搞得昏头昏脑,所以又上当,在她一脸幸福之中出门。现在想来,幸亏如此,不然我凝望的痛楚会更加痛楚。

有时候,我们会像小孩子般,在客厅里嬉闹。相比而言,读高中的女儿很少跟我这样嬉闹,她总是嗤之以鼻:"幼稚!不成体统!我看不下去啦!"而我们不管这些,要吗拿着鸡毛掸子追过来追过去,要吗在沙发上"大打出手",要吗就捂着肚子笑半天……我们不希望立即停下这种游戏,我们很开心。那个女人性格里有天真的一面,恰恰与我吻合,跟那个女人一起生活,日子真的很美妙。

那个女人爱笑,但是也爱蹙着眉头。生活的压力很大,我们一直没有喘息的机会。曾经我们一起面对账单,一分一厘地演算什么时候能够还完。她不是过日子的马大哈派,坚决不愿意浑浑噩噩。我们一起沉默,一起叹息,当然也一起憧憬。憧憬到热血沸腾的时候,我们就互相对视,眼里闪着兴奋的光芒,好像明天就什么烦恼也没有了。

那个女人深深懂得如何化愁闷为温馨。她经常用两元一束的鲜花插在瓶中,摆在几上,然后隔着鲜花坐着,宁静地牵着我的手。有时候,她还会用一首动情的歌曲作背景,使房间里浮动着花香的同时,也弥漫着浪漫。这真是再好不过的安慰!

我曾经写过一首诗,叫《瘦瘦的爱人》。第一句是:"折一截细细的桃枝,突然间,成了我的爱人。"那诗是说,我今生唯一的艳遇就是她,我今生最感激涕零的美事就是与她相依相伴。那天报纸拿回家,我本来不想给她看的,她看到了。

她在沙发上静静地读，读了之后似懂非懂，注视着我的眼睛，说："给我讲讲，好吗？"我说："讲了就淡了！自己感觉吧，懂多少算多少。"我不讲，因为我不好意思讲。她的瘦，当归罪于我，我一直是这么想的。她是一截下嫁给我的桃枝，只是我这道篱笆太简陋太贫瘠，没能将她养得风调雨顺。我的诗是我的歉意，我的愧疚，这将深埋于我的心里。

那个女人还在张望，她一跺脚关掉手机，她的脸转向我这边。大街上有千万张脸，阳光照在每张脸上，照出千万的不同。她的脸白而小，小而精致，透出一种温柔。突然她看到我了，欢喜地走过来，她的黑发随步子上下颤动，她那瘦瘦的腰身也在左右摇晃。

我用湿漉漉的眼睛看着她。

世界响起她一人的高跟鞋声。

她是我的妻子！

# 阳伞倾斜的角度

13:30有一班回城汽车，招呼站在两里之外一个路口。

太阳似火。母亲去开院门，哐当一声闷响。黄狗招财从母亲裤脚边一钻就出去了，它知道如果慢半拍，母亲就会将它挡住不许出门，它就失去多送我们一程的机会。它每次都要去送我们，直到眼睁睁看着大主人小主人都上了车，车绝尘而去，才肯慢腾腾地往回走。

母亲开了院门，又搂着孙女，笑呵呵地随我们出门。父亲却拖拖沓沓，在屋里找这样找那样，出来时，手里竟拿着两把阳伞。母亲一看，就夸他心细，夸得父亲咧着嘴老合不拢来。于是，父亲为我打伞，母亲为她的媳妇和孙女打伞，两朵伞花在烈日下慢慢移动。

我想夺过父亲的伞，妻子也想夺过母亲的伞，我们都想给两位老人打一次伞，但是，父母的手总是那么固执，他们乐于为儿孙受累，却说什么也不肯让儿孙受累。

我还注意到，两把阳伞都向一个角度倾斜。

"爸，妈，何必送呢！天太热，你们身体都不好，快回去歇着吧！"我和妻子劝道。

"公公，婆婆，你们别送了！"女儿也劝道。

"呵呵，我们走走，对身体有好处！"没办法，爸妈在很多事情上实在太固执。

一听说我们要回来，他们可以杀掉辛辛苦苦喂大的鸡鸭，即使手头拮据，也决不会让我们吃不好。饭桌上，女儿总有一瓶可乐，我则总有一瓶啤酒。母亲老是往我们碗里夹菜，以至于垒得很高，根本吃不了。她老人家可能一直以为，我们都是"饭桶""菜桶"，不上三大碗肯定就没吃饱没吃好。临走时，我们常常两手不空，地里的芋头、土豆、黄瓜、莴笋等，都会一袋一袋往我们手腕上挂。不拎走不行，这是"命令"！是父母爱的"命令"！

招财一阵风跑来跑去。我们平时很难回家一次，不难看出，每次回家都是它的节日。招财喜欢我女儿抚摸它时的感受，喜欢她跟它嬉戏的情景，喜欢听她欢快的说笑声。招财平时一定很寂寞，它一定老做着我们回家的美梦。此时它大张着嘴，舌头伸得老长，在太阳下红红地软软地垂着，显得是那样温驯、乖巧。

太阳似火，父亲汗流不止。他用黝黑的手臂擦了擦额头，又很自然地扭头看看我，赶忙为我也擦一下。我感受到父亲的手又湿又滑，但茧巴又粗又厚，它划痛了我的心！

汽车来了。我们上车。

父亲忙着把蔬菜提上车，母亲则不停地叮咛这叮咛那。说实话，她的话我常常是一句也没听清。不过，我喜欢听母亲叮咛，我知道叮咛里有无限疼爱，叮咛就像清风一般，在酷热中拂遍你的全身。

车开动了。招财的尾巴摇啊摇啊，它的眼里那样清澈，像汪着一潭春水。它在汽车扬起的尘土里打着响鼻，它跟着汽车跑了几步，然后无奈地停下。

汽车又将绝尘而去，我从车窗向后望。火热的太阳下，父亲和母亲在向我们笑着，在对我们说着，他们全然忘记自己，伞没有打上，只低低地垂在身后。而且，两把阳伞倾斜的角度，惊人地相似……

# 蜘蛛攻破语言关

一只蜘蛛来到读书人的家里，在卧室门背后小心谨慎地结了一张网，它随时观察着读书人的脸色，生怕他会赶它走。如果那样的话，蜘蛛就得重新找栖身地了。不过，读书人好像一直没发现它。这样，蜘蛛就在那里生活了一个月。

它的网越结越大，这是一只有远大理想的蜘蛛。它希望自己能结出跟门一样大的网，所以很勤奋，后来真的就实现了目标。它坐在大网中央，美滋滋地躺着，享受着成功的喜悦。

很快，它发现门上贴着一张纸。那纸是黄色的，跟门的颜色差不多，所以一个月了，它竟然丝毫没有看出来。这起码是三年前贴的。蜘蛛不识字，又非常想知道上边写的什么。

"我要学人类的文字！"这只蜘蛛说干就干。它爬出网，爬下地，又爬到灰尘很厚的书桌上。一大摞书乱七八糟地堆着。谢天谢地！还有一本字典，也许是20世纪就这样翻开着的。蜘蛛艰难地查字典，有时候需用长脚翻很多次，才找到一个字的页码。不过，它信心百倍！蜘蛛总是拣读书人睡大觉的时候来看书，好在读书人睡大觉的时候特别多。

蜘蛛非常用功，日有所得。过了月余，它能认十个字，再过一月，它能认二十字，第三月结束，终于全部弄懂纸上的字了。于是，它用长脚指着那些字，一个一个读下去：

计划书：

1.每天读二百页书，争取三年成为语言学家；

2.每天清扫房间，做到窗明几净，不得有卫生死角，让蜘蛛、蚊子、苍蝇、蟑螂等无处藏身。

原来是这么回事！蜘蛛看完，倒抽了一口凉气。

不过，很快它又庆幸起来，因为自己不是住得好好的吗？

# 别让母亲跪着

那次，我还住在乡下。由于家境清贫，我在与母亲谈日常用费时起了争执。我越来越激动，到后来变得歇斯底里。我完全没有注意母亲的变化，现在想来心也是痛的！

当时家里只有母亲和我。开始，母亲带着歉然地微笑，这是她一向在儿子媳妇面前的表情。后来她辩解了几句，可我立即给予反击，话的大概意思是，穷就是穷，穷不要总找客观原因，那是你和父亲的无能！

一声闷雷在屋顶上响起。那晚，雨下得十分痛快，一直闷着的六月天气终于找到排解的办法。雨在灯光照射中又粗又密，雷直要把房屋震塌一般。

母亲的笑容突然破碎。哇的一声，她大哭起来，而且一闪身冲入雨地。

我这才猛然清醒，也跟着冲出去。我只穿了条短裤，光着上身，俨然置身冰水里面。刚才的燥热荡然无存，我剧烈地颤抖起来。

我来到院外茂密的竹林边，竹林像一个愤怒的雄狮，让我好不害怕。一看，母亲竟然跪在雨地里，失声痛哭。

　　她面前,是一座孤坟——外公的坟。

　　她在儿子那里受了委屈,却只好跑到她的父亲这里诉苦,但他如何能知?

　　我的泪水不由得不夺眶而出。当母亲跪下的时候,我焉能不跪?我用膝盖走到母亲前边,颤声哀求:妈,我错了!对不起!是我不理解你和爸爸的辛苦,我改好吗?我们回到屋里,你慢慢骂我吧!

　　母亲兀自哭得昏天黑地,她仿佛有一辈子的苦水要倒,所以一开始就难以结束。十多年后,我工作稳定,却还是起家无术,这才深刻地认识到父母的无奈。当时我只有无休无止地道歉。那一刻,我痛恨自己心中的魔鬼,害得母亲在一个闷热的晚上,却要饱受冰冷的折磨。

　　好不容易将母亲"打捞"到屋里,我赶忙为她找来干衣服,又生火烧了一盆热水。母亲已经哭不出声,只是抽噎着,像一个小女孩。我怜惜地为她洗脚,轻轻地,轻轻地。她推辞着,却连抽回脚去也没有力气了。

　　我让母亲在被窝里睡好,又多此一举地掖了掖被子。我在心里虔诚祈祷,母亲不要生病才是!一阵激动,我扑通一声再次跪在母亲床边,泪水又奔涌而出。

　　母亲想笑,但只动了动嘴角;想说,但却发不出一声。我感到她心里的苦海正在翻腾。末了,她伸手拉住我,默默地拉住我,良久不放,一道晶莹的泪光闪现,她翻身向里睡去……

　　十多年过去了,但是那夜的雷雨,那夜的竹林和坟,那夜母亲跪在坟前的身影,不仅没有忘掉,反而越变越清晰……我是怎么啦,竟然伤害了慈爱的母亲?

　　可千万别让母亲跪着!

# 爱 的 雕 塑

猴群到来了！有人叫道。我兴奋起来，难得旅游一次，本想带女儿一起出来，可这是单位组团，人员是严格限制了的。女儿最爱猴子，她一再叮咛我多拍摄几张猴子的照片。我立即取出相机，做好拍摄准备。

大约有十来只猴子。游客们都在山路上站定，有的手里捏着饼干糖果，等待与猴子亲密接触一次。猴子们并不怕人，他们一拥而上，与人相距不到两三步远，还有些猴子直接从人的手里抢东西吃。我在一边兴味盎然地拍照，相机咔咔闪着白光，猴子们的各种情态都被收入镜头。

突然传来一股臭味。很臭！就跟死老鼠差不多。大家纷纷四顾寻找，都很奇怪，怎么刚才一直没闻到，现在却这么浓烈？这时，猴子们发出尖厉的叫声，并冲着一个方向龇牙咧嘴。原来是一只母猴缓缓走来，它好像很累，很疲惫，就坐在远处的一块石头上。它怀里还抱着一只小猴。

先到的十来只猴子好像很敌视这只母猴，有只健壮的公猴甚至捡起石子向它砸去。然而，母猴像一尊雕塑一样，纹丝不动。奇怪的是，它怀里的小猴子垂着头，也一动不动。

天哪！小猴子是死的！有人眼尖，说道。

我们这才发现，臭味正是从小猴身上发出来的。它应该死了好几天了，而且肚子上掉了一块皮肉，说明它正在腐烂。但是母猴并没有扔下它，时时刻刻紧紧将它抱住，依然当它还在怀里撒娇。母猴会不会已经疯了？精神失常了？或者，它眼前只有幻觉？

其他猴子之所以向母猴龇牙咧嘴，可能是讨厌小猴的那股臭味。由此看来，这只母猴经受着两种折磨：失子之痛和遭抛弃之苦。

人们惊呆了！喂食物的手停在空中，所有眼睛只盯着母猴和它怀里的小猴看。

有个小女孩牵着妈妈的手，她问妈妈：小猴子死了，可大猴子为什么还抱着它呢？

大猴子爱它的宝宝，要一直保护宝宝，它是个好妈妈！小女孩的妈妈蹲下身，在女儿脸上亲了亲，噙着泪水对给她解释。

母猴还是保持着雕塑的姿势，并不来捡食物。有人拿出自己也舍不得吃的点心，等它来拿，可它只是满脸慈爱地用手抚摸怀里的小猴，仿佛这世界只有它们娘儿两个。尽管阴阳两隔，但爱还在无声流淌，从母猴温情的眼里，直到那颗早已冰凉的心底。

其他猴子觉得无趣，离开山路，散入森林。而母猴好像还没清醒过来，仍然坐在石头上。

一时间闪光四起，每个相机都对准母猴忙碌起来。我的手在颤抖，心在疼痛，我倾注了最大的敬意，将这尊爱的雕塑保存下来。回去之后，我要叫女儿和她妈妈一起来看照片，然后，静静地为她们讲述远方森林里的故事。

# 家具与我们同舟共济

经过一段艰难的历程后，我总要感谢一些人。感谢亲人，感谢朋友，感谢并非亲人朋友却真诚援手之人。常常，我就这样心怀感恩。

这篇文章，却是用来感谢我那些亲爱的旧家具的！

在我家，家具和人一样，有着吃苦耐劳的精神。我感谢它们比其他人的家具更有耐性。显然，它们进了我家，被使用的时间长多了，时间长吃的苦自然就

多。比如手机吧,我身边的人换来换去,旧版到新版,质朴到新潮,低廉到昂贵,可我那个手机,跟我一样苦海无边,四年多来无缘退休享享清福。它老态龙钟,满身擦痕,一副饱经风霜的样子,看着它,我虽一万个不忍心,但还是用心灵求它:"再挺挺!请无论如何再挺挺!"而手机无言,算是默认了吧。

我理解这些亲密的"朋友"。旧家具们偶尔闹点儿情绪,也只是示示威,并没有撂挑子不干的意思。这一点真是让我感激涕零!这样,起家无术的我才又有了喘息的机会。

我感谢电视机。十五年来,你已经融入了这个家,你比我女儿小四岁,却是电视机界的元老。感谢你只让我破费两次,两次维修的总费用也才几十元钱,你在替我着想!感谢你在遥控器丢失之后,容忍我舍不得花钱再买,只每天从你"嘴"里去摁那些门牙一样的开关,直到有一天又把长条形盒壳碰落下来,使你再也合不拢嘴了。你如此包容!

有段时间,你大半个屏幕通红,像女子有什么难以启齿的心事,可我们没理会太多。一月过后,你刷地变了脸,屏幕扯起花布来了。我赶紧请了个小师傅来。小师傅说先消磁再说,摆弄一番后,结果磁没消,屏幕却不扯花布了,小师傅委屈地说:"是它老了,早该换了!"说这话时,他脸是红的,你脸是红的,我的脸也是红的。可我们红着脸又彼此对视,互相依赖,直到现在。

我感谢电脑。其实你"体质"很差,我就是看上你的低廉,才买你回家的。可我这个电脑狂,每天用你的时间太多了,又不懂得爱惜。我把你看成我自己的身体,是的,我甚至连自己的身体也没有爱惜过。我拼命想把大量的业余时间兑换成豆腐块文字,拼命想用豆腐块文字换回几个铜子儿,以贴补捉襟见肘的家用。我自己在透支,也在透支你。你多次生病,我多次抓狂,多次发誓要像爱一个女人那样爱护你,可等你恢复健康后,我又失言了。请原谅我吧,等有一天,我也能像别人那样优游时,一定视你为同生共死的"战友"。

我感谢冰箱。亲爱的冰箱,关于你养老保险的问题,我不敢面对,也不愿触及。自从去年三月,你因为氟气泄漏被抢救过两次,但两次都抢救无效,我就惊恐万状。让你退休,我就得再买冰箱,这笔费用实在不是小数目,我只好将你闲置不用，重新回到"无氟时代"。你继续待在原地，给足了我们面子，只是当客人伸手打开你的箱门时，才将尴尬暴露无遗。为了将尴尬减少到最低程度，每次有人问起，我都说："唉，冰箱就这两天坏了的，正准备修呢……"结果是，长达一年的时间，我们都这样撒谎，以致达到了面不改色心不跳的最高境界。你也许有不少怨言，但请相信，看着你如此没落地待在墙角，我心里就是一痛。

我感谢电饭锅。有一段时间，你煮出的饭又黑又糊，我吃惊地看着你，对一向忠心耿耿的你感到不解，后来修理的师傅说，你的锅底积了厚厚一层垢，他用一个下午才刮洗干净。那层垢是你的牢骚吧？把饭烧煳也是你发泄不满吧？然而你的不满仅此而已，此后你又继续任劳任怨，谢谢！

我感谢瘸腿的书柜，感谢裂缝的衣橱，感谢虫蛀的床，感谢凹凸不平的餐桌，感谢老把衣服烫坏的熨斗……

我感谢电风扇、洗衣机、饮水机……感谢你们现在没出毛病，没给我添乱。

我的这些旧家具，拥挤地待在一套二手房里，如同乘坐着一条斑驳古旧的破船。我，亲人们，旧家具们，我们就这样同舟共济，迎着岁月的风浪，驶向遥远的幸福的彼岸。

# 从孔明灯到绒线帽
## ——四川广汉国际保保节实录

### 一、放飞希望

广汉是个小城，但是小城却装下了一个大大的三星堆，还装下的有一个至今不衰的文化习俗：保保节。

才正月初几，雒城门周围就开始发生变化：到处都有对保保节的巨幅宣传图，其中最大的一幅写着："保保节——广汉的城市名片。"整个房湖公园的城墙也全装了霓虹灯，夜晚煞是好看。

正月十五，吃过元宵，从乡下来的父母一定要我陪他们到街上走走，我对中央台的晚会感兴趣，有点不情愿，但又不好拒绝，但一出门，我惊叹不已！

大街上全是人影晃动，川流不息。街沿上、人行道上、斑马线上，甚至大路中间全是人，他们完全不按来左去右的规则走。往任何方向你都会与人撞在一起，挤在一起，有时候抽出身来需要用上很大的劲。我们兴奋地打听，原来各乡镇的龙灯表演刚刚散场。母亲责备我说，早就叫你出来，你不肯，这不，没赶上看好戏！

我们顺着中山大道向鸭子河边走。一路上，商店里灯火通明，各色灯光将熙熙攘攘的人群映照成光与影的河流，有些精明的生意人适时地把摊位往路中间靠了一些，于是好些人围在那里选购物品，衣裤鞋袜什么的，又形成河流中的"漩涡"。汽车今天最后悔的就是选走这条道路，喇叭声此起彼伏，但是许多人充耳不闻，在车道上"旁若无车"地穿行。车速不比人快。到了红绿灯，更是"混乱"。过去，十字路口中间地带，人是不敢贸然经过的，可现在你瞧瞧，人在那里走动，人在那里停留，人在那里追撵，人在那里放鞭炮……汽车无可奈何，红绿灯失去了号召力。

也许，这一晚上的混乱正是广汉人制造的，正是广汉人期待的，也正是广汉人陶醉的！为什么不呢？364天都规规矩矩，今天偏不！这就是广汉人，有激情的广汉人，有魅力的广汉人！

走了几条大街，这才知道，并非只有中山大道一条街才拥挤，广汉每一条街，每一个小巷都这样。城里的人在走来走去，各乡镇的人也来这里走来走去，外市的人也来这里走来走去。仿佛这个元宵佳节的晚上，人们就是要这么走下去，走到深夜，走到明天的保保节才肯罢休。人们边走边说着话，彼此感受着热闹气氛，彼此又制造着热闹气氛。

还没到金雁广场，我抬头一望，突然惊叫道："看天空中，那是——孔明灯！"

一只灯笼从我们头顶静静飘过，不高，依稀能看出火苗，看出红色灯罩上印着的"顺"字。夜空高远，我这才发现，其实更高更远的地方，还有几只孔明灯在渐行渐远。随着我的叫喊，许多人停下脚步，抬头望着天空，并且指指点点。那神情无异于见到外星人的飞碟，应该说，孔明灯比飞碟更有吸引力！

金雁广场上更是人多。那里是灯起飞的地方，也是希望与幸福起飞的地方。天色一黑下来，就有人急不可耐地放起灯来，据说，现在已经放了好几十个了，而且，还在放着。我们走近那些放灯的人，看着他们点燃，双手捧起，然后轻轻一松，那些轻盈的灯就慢悠悠地腾空而起。有的由于气还没烧热，放灯的人往上一推，以为这样会飞得更高些，可偏偏它又下降，甚至就要落到别人头上，这就引起一阵喧哗，人们纷纷出手要再向上托一托那灯，几十双手在灯的光里映照得就像美丽的春笋。那情形，太动人了！

置身灯的海洋，人的海洋，仰头望天，看着几十只灯在空中飞翔，心里问自己，它们会变成天上的星星吗？

灯都飘向一个方向，像一条闪光的长链，每一颗珍珠都那么璀璨！而且远近大小很有层次。这条长链使人想到，它是否连接着一个神秘的国度，那里，也许有我们三星堆的先人，有戴着纵目青铜面具的卓越的神灵。

"福""顺"，一个一个写着美好希望的孔明灯被放飞。

希望放飞了,但一定会降临人间的!

## 二、福顺降临

正月十六上,八点钟,我们一家九口出发了。在雒城门边借买矿泉水的当儿,我看了看周围。这时候已经有大量的人往门洞里涌,大门前用钢管扎了六七个通道,每个通道里都有人验票,而且是一把抓,根本来不及数一数多少。护城河桥边,连设了五六个售票点,每个点有五六个工作人员。

女儿把我的手机抢了去,开始拍照。高高的城楼,上边登临的人肯定在自豪,因为"雄临天府"的匾就在脚下,他们一定觉得自己的人生被提升了不少,有一种"称雄"之感。两座石狮被挂了红绸,戴了红花,想必也被日子点了睛,生龙活虎起来。

一家人相互牵着进了房湖公园。不牵着是绝对不行的,小孩都必须时刻照顾,怕人群突然暴发的热浪波及过来。刚进公园,我发现七八个身强体壮的男子站在路边,正对一个抱小孩的妇女说:"要不要拉个保保? 孩子多可爱呀! 为了孩子更可爱,就拉一个嘛,我们是帮忙拉保保的,工钱好说……"而那个妇女等我们走过去后也还在犹豫。

公园大大小小的路径全涌动着人潮,仿佛是人体的动脉。人们精神焕发,欣喜若狂。一条狭窄的巷道里摆了几十个小摊点,热情过分的邀请声在互相竞赛。原来都是些抽奖游戏,他们热情地宣传:"来啊,试试手气如何,不要钱的,奖品多多呢! ……"人群中有些嗓门比摊主还大,表情比摊主还夸张的,那些当然是"托"。他们或者拿着一个奖品,吃惊地"自言自语":"呀,还真不要钱呢!"或者喜滋滋地数钱说:"这游戏安逸! 摆摊的太瓜了,钱好赢呢!"

这样的小摊凑在一块儿,我心里好笑:骗术! 而且是骗术的大荟萃!

我们在一个弹球的游戏前围住。玩的人一手两元,奖金却从十元到五十元,只有一种情况不会中奖,那就是球弹出去,又弹回来。这游戏怪就怪在:你试的时候百发百中,一给钱正式开始就一球不中。一定有鬼! 可很多人明知有鬼偏去赌上一赌,每个人都在想:"我知道他是骗人的,我就是想花点儿钱,看看他鬼在哪里!"所以,摊主的生意很火爆。

是啊，用钱买个"鬼"来乐乐，也是保保节的一部分！

我们继续前行。新疆人摆的羊肉串摊上，青烟袅袅，那整整齐齐码放的羊肉串，怕有上千串吧，黄酥酥的，实在诱人！凉面师傅将一盒一盒的凉面早就摆放整齐，精神抖擞地看着走过的花花绿绿的人群。地摊上各种小玩意儿将孩子的眼球紧紧抓住。卖气球的手上捏着一束细线，他头上成百的气球在舞动，竟然没把他拉上天去！卖小鼓的边走边敲，见一个小孩就俯下身，将鼓伸到小孩脸边上敲，脸上带着善意的微笑。湖面上有人泛舟，悠游自在，时而动两下木桨，碧水、残荷轻轻荡漾。

是啊，房湖公园，四门大开，只见人进，不见人出。不到一小时，公园简直就要胀爆了一般，游乐场里，家长牵着孩子排着长长的队伍，等待着，欣赏着场中孩子的表演。碰碰车碰出阵阵尖叫，滑滑梯滑出张张笑脸，转转马转出圈圈满足，跷跷板跷起无限欢乐……这里真是一个欢乐的海洋！

没有一个日子可以与今天媲美，今天才是广汉人民过年的时间！

保保节，的确是广汉的"城市名片"！

人们已经忘了唐朝县令房琯，尽管这座公园就是因他而得名。人们也已经忘了台湾名人覃子豪，尽管他的纪念馆就在身边。人们也忘了三星堆的摇钱树，滴水崖的桃花山……人们现在专注的只是自己和别人，由"自己"和"别人"所组成的一个盛会正在进行，公园里似乎每一寸土都被踏访，一花一叶都颤动着喜悦。

在我们随波逐流时，警察们似闲非闲，散布于各个角落。石碑亭里，"防暴总指挥部"的字样格外醒目，两个穿绿军装的战士威严地站岗。折桥廊上，身着迷彩服的民兵在维持着秩序。更多的是穿灰色新制服的巡警，往往四五个聚在一起喝茶聊天，眼睛却时时瞟着远近的人们。

一个大舞台就建在摛星门边，设计师很有创意地将两座画意十足的假山作为背景。电视台选送的主持人激情洋溢地介绍着保保节的由来：相传蜀汉时代，某家人的孩子病得不轻，命悬一线。有高人指点说，去求张飞大将军吧，认他作孩子的保护者。结果，这么一认干亲，孩子的病立即好了。原来，这张飞相貌凶恶，状如钟馗，什么妖魔鬼怪都不敢近身。自此人们纷纷效仿，每年正月十六这天，有命相薄的孩子，他的父母总要去认一个干亲。认干亲逐渐发展成拉保保，这就形成了当今的保保节！

保保，就是能保住孩子的人！这是指男性，女的叫作保娘。保保要戴上一顶帽子，然后将孩子抱在怀里，这是广汉男人最温柔也最有父性的一刻！

台上的节目不断变换，魔术，唱歌，舞蹈，巴蜀笑星中江表嫂还冲了一段"壳子"（即说了一段笑话），逗得大家爆笑不停。就在这时，台下突然爆发了一阵骚动，原来，一个钩钩鼻子蓝眼睛的外国男子首先中彩，被拉成了保保。中江表嫂惊呼："天哪！这才真正是国际保保节嘛！外国保保诞生了！"

是啊，拉保保的时间终于到了！

我们一家挤出擂星门，马上赶往城墙根一带，因为，保保节的真正意趣还在于此！

参天古木枝条桠丫，这些有几百年树龄的古木，用它们树的沉稳，形成一片神圣与庄严，好像它们是最了解广汉人的！它们迎来送往，不喜不悲。有的树干干裂，有的已然空心，有的干脆只有木质没有表皮。这些树，是多少个保保节的见证？谁知道呢！而今，它们全披上红色丝绦，挂上节日灯笼。看来，它们并非不食人间烟火，因为，在它们脚下，演绎了多少"不拉不相识"的戏剧故事，成全了多少父母的爱子情结，我甚至想：当正月十六过后，这里的欢声笑语荡然无存时，树下的泥土，是不是渗透了这个民俗的全部内涵，化成了一个不甘落后的小城的精神营养？

小山上没有空闲之地，人们互相攀着，在树旁边的人则抱紧树干，以防人群中任何一个地方都可能突发的混乱。人群将几座小山完全覆盖了一层，小山就像穿了一件厚厚的羽绒冬装。在小山之间的坳里，十几台摄像机高高举过人头，四处搜寻着目标。这多达几万人参与的游戏正在悄悄酝酿之中，一旦成熟，就会爆发，然后摄像机就会像螃蟹的眼睛一样迅速转动，纷纷瞄准目标，所有的人都在期待着，期待着。

哗——，从一处山坡上引起骚动，几万双眼睛立即看过去。一个衣着体面的中年男子被四个彪形大汉扭扯着向坳里冲下去，那面坡上就像泥石流塌方一样，几十个人禁不住也一起向坳里倒下去，个别人似乎倒在地下，但爬起来还在笑。被拉的人在挣扎，脸显怒容，似乎是不愿意，但很快就范，心甘情愿让人戴上一顶绒线帽，将一个妇女怀里的孩子抱过来，在簇拥的镜头前亲了亲孩子的脸蛋，笑着挤出人群，孩子的妈妈和彪形大汉也都随着走了。据说这是登记去了，今天，他可得破费了，拉保保的工人费、孩子的认亲费、孩子的衣服款，还有今后两家人的走动费……那可不是小数目！不过你记住，能被拉作保保的人可不简单，早就受人暗中物色过了，一定是那种有钱有教养的人。被拉是一种荣耀！

刚看了一个，那边山坡上又涌起一阵喧哗。一个男子被拉，可他老婆不干，不想，抱小孩的妇女说，干脆就拉保娘吧！于是她雇来的人纷纷捉住"保娘"的手臂，直把那"保娘"气得大哭。可这一拉，往往事成定局，不干也由不了你啦，顶多今后多作一番解释，但现在而今眼目下，你哭也得当保娘了！

野蛮！

偏偏正是这种野蛮，使两个素不相识的家庭走到一起。也正是这种野蛮显示出一个民族的睿智！野蛮！无可奈何！可"亲家""亲家"叫得多甜啊！如果冥冥之中真有一股力量，既能保住孩子没灾没病，又能使疏者变亲，亲者更亲，那当然两全其美！广汉人不仅能创造让世人瞩目的三星堆文化，也同样能创造令世人开颜的独特习俗！

正月十六，不知让多少个家庭的梦想成真，但是可以肯定的是，这个节日疯狂了一个小城，吸引了一个省，震撼了一个世界，那几座小山包，那几条小沟壑，就像人大脑里的脑回，而几十万人挤在一起，恰如脑中神经细胞，平时，每个细胞各行其是，今天，这些细胞之间野蛮而又极其偶然地相互冲撞起来，创造出意想不到的结果来，这就是广汉人灵魂中的实质！

我所记录的，还只是房湖公园里的情景，同样刺激同样热闹的场面也在广汉城另一头的水上公园里进行着,而且,你即使下午进公园,票价也不会少一分,因为欢乐还在继续!

今夜,我正坐在床上急速运笔,写着这篇动情的赞美文字时,女儿和侄女竟举着一个大大的"口袋"过来,说是用它来帮助我产生些灵感。我一看,天哪,竟是一个完整无缺的孔明灯!我忙问从何而来,她俩说是早上推开窗户发现的,就落在我家雨棚上边。

我太幸福了!那上面有个大大的"福"字!我觉得是福选择了我,青睐了我,并降临于我!

更重要的,我是广汉人中的一员!

广汉人有福气!

# 我们的小桃树

小桃树是从前年开始结果的。

这是两株品种不同的桃树。父亲说:"一株是毛桃,一株是红桃。"

女儿和两个侄女在果实上市之前就品尝了桃子的味道。她们都说:"红桃的皮红亮亮,光溜溜,吃起来又硬又脆;毛桃却长得慢,又不好吃!"我就笑她们:"要吃桃子,等两天到大街上买去。这些桃子算什么味!"

我轻视这两株桃树结的果实,但不得不赞美它们开的花瓣。去年,我们全家在小桃树下尽情合影,照了几百张相片,至今全都珍藏在电脑里。特别是妻子单独照的,有几张实在有"人面桃花相映红"的感觉。看着这些小相片,温馨感弥漫整个房间。

小桃树长在乡下老家的院里。我十天半月回家一次,与老父沽酒对饮,与老母话些家常。遇到天气不错,我们的饭局总是设在小桃树下。

小桃树的枝叶也算茂密。特别是花开过后，新叶始发，那种嫩嫩的、鲜鲜的感觉合着四五月的阳光，让人沉醉不已！

但是这个五月，我对小桃树有了新的感受。

2008年5月12日是个噩梦。四川汶川发生八级地震，而我们距离汶川不到两百公里，所以震感也很强烈，有专家称我们这里震级也在六级左右。我在城里住五楼，我们再也不敢在那上去居住，逃也似的回到乡下。

父母见到我们的一瞬间，我分明看到他们眼里闪烁的泪光，那是一种牵挂，更是一种欢喜！我们将电视机安在客厅门口，向着院里，又在小桃树下摆了桌椅，端出饭菜，还倒了几杯酒。一家子就边吃边聊，谈论下午那恐怖的三分钟，以及各自知道的周边县市的灾情。

我们非常关注电视里的直播。成都一台、四川三台、广汉一台几乎是二十四小时详细报道。这时候，我们才发现，汶川、北川、绵阳等地灾情惨烈！我们算是不幸中的万幸了！我们下午被地震所震撼，现在又被灾区触目惊心的画面所震撼。

唯有祈祷！

荧屏上满是房屋倒塌的瞬间，灰飞烟灭的场景让人心都揪紧了。我们的酒杯在颤抖，这也许是对自己突遭劫难的后怕，也许是对死里逃生的庆幸，也许是对那些成千上万罹难者的同情……总之，我们手里的酒杯在颤抖着，颤抖着。

我们三弟兄都回来了，各自带着妻子女儿。全家人又聚在一起了，但不是欢庆，却是逃难！每个人诉说着下午那黑色三分钟里自己在干什么。父亲说："我当时正在屋里找锄头，突然隆隆直响，地面不断抖动，就骂：'谁把压路机开到这里来了？这路受得住吗？'"我家门外就是水泥路，难怪他这样认为。这个近乎笑话的自诉却没有引起大家的笑声。母亲也说自己正在田间走着，突然路颠簸起来，她身体虚胖，体质很差，几乎吓趴下了，生怕自己被震进满满当当的水沟里。

我们做儿女的听着，心里真不是滋味。那个时刻，我们多想就在老爸老妈身边，多想好好照料他们啊！

那天晚上，我们就在两株小桃树下安上床。由于地震让所有人精神亢奋，直到凌晨三点才逐渐睡着。几个叔伯婶娘也带着全家人来到小桃树下，此后近半个月里，小桃树下，成了一个有三十多口人的家族的栖身之地。每天晚上，我们看着电视报道，谈得热热闹闹，发着唏嘘感慨。而十来个小孩子在院里穿梭，他们才不管什么地震呢，他们有着与生俱来的快乐！

小桃树，你就是一个家族的避难所啊！

这时候，我们与小桃树的接触陡然增多，那清新的叶儿拂在人的手上脸上，很清爽，很舒服。

不想，第二天夜里下起雨来。大弟找出一块用于打场的塑料布，用竹竿挑起，几个人一起将塑料布顶在两株桃树的头上。塑料布在树顶拖动，小桃树摇来晃去，发出哗哗的声音。有几条枝丫被我们弄断了，从树冠掉下来。它的疼痛是不言而喻的。此时，我真的有些不忍，那只是两株很娇弱很娇弱的小桃树呀！在我的眼里，它们就是两个有血有肉的人体。我的心灵与小桃树的心灵在交流，我顷刻感受到它们在强忍剧痛，一方面又毫不迟疑地将艰巨任务挺举起来。

我们又在四角打木桩。这样，雨地里有了一块干爽的地方。我们又多抬了一张床和一个大沙发，拼成一个大通铺。这样，三十几口人在下面都有一块睡觉的地方。

小桃树从此与我们共同承担了灾难！

雨在院里淅淅沥沥，四处横流。泥地经不起这么多人踩来踩去，形成坑坑洼洼的泥泞，像千疮百孔的月球表面。

父亲觉得两株桃树之间的塑料布有些下塌，就再砍了一根竹子，支撑在一条粗大的桃枝下面，那条桃枝被父亲用力向上一撑，陡然升高，发出哗的一阵喧响，活像一个人因手臂被拧而发出阵痛。是的，那是疼痛的！不管是人还是树，都一样会疼。

满世界的雨制造了多少凄凉？雨，你这助纣为虐、为虎作伥的东西！你毫无仁慈之心！你知道多少人深埋在废墟里生死不明？多少灾民脸上流淌着痛失亲人的悲切血泪？多少救援的脚步因不够迅速而焦躁不安？……

　　幸好我们有小桃树。它们本来柔弱，却一下子坚强起来，为我们撑起流泪的天空。

　　几天之后，小桃树被强烈的白炽灯(200W)烤焦了，被下边点着的五六盘蚊香熏晕了，被人时而攀附的手摇疲了，被床框椅背碰痛了。它们身上，桃子一个一个掉落，白天掉晚上掉，地上全是未长成的果实。这两株小桃树呀，它们本该拥有自由的空间，本该有比去年更辉煌的秋天，但是它担当起了一个这么大的责任——荫庇一个家族、一个家园！你们怨恨吗？小桃树。我不禁心痛地问。

　　小桃树没有回答，这是世界上最善良的心给人的一个默许！

　　谢谢你，小桃树！

　　一天晚上，我们谈到捐赠。大街上有轰轰烈烈的仪式，电视里有出手豪爽的镜头，但还有一些捐赠，与这一样高贵。下午父亲接到电话，然后就繁忙起来，四处通知村民们作好捐赠准备。晚上，全部村民汇聚到晒场里，来得十分整齐，一个不缺。集会由队长、会计、党员代表主持，捐赠进行得井然有序，没有强求，没有命令，也没有谁反对，没有谁不痛快，甚至没有人嬉皮笑脸。当时晒场上只有一盏灯，许多人的面容隐没在夜色中。但是，这些模糊不清的手里递出了多少不等的纸币，有十元、二十元、五十元、一百元……最多的是一位回娘家避难的美女，她捐了六百元。我突然发现，平时能够为一两块钱红脸的农民朋友们，他们今天也豪爽了一把，特别是那几个一向爱开玩笑的"搞笑高手"，此时也沉默了，只静静地掏着腰包，人群里此起彼伏地传来叹息声：

　　"太惨了！"

　　"捐吧，汶川是我们的邻居县呢！"

　　"我去看过，当时忍不住泪，哭了！"

　　"我在灾区捐了一百，现在再捐一百吧！"

　　……

　　有的家庭重复捐款，父母捐了，儿女又捐，儿女比父母捐得更多。而且，还有几个妇女对身边的孩子说："过几天开学了，老师叫捐款，你可得多捐，想想电视里那些无辜的孩子，他们跟你一样大！"

　　整个捐赠气氛沉重。会计站在灯光里，其他人都围着这盏明亮温暖的灯，一个个走进它的光里，完成那慈悲的壮举。

　　我不禁为父老乡亲们感动万分！

　　父亲是老党员，负责保管捐来的物件。下午他原本要和我们一起打油菜的，但他积极去做"更重要更光荣的事情"了(这是他的原话)。晚上，他回来的时候，三轮车里驮满了各种衣物被褥。他将车小心停放在小桃树下，看看夜空，向母亲要雨伞，说再遮牢实一点，可别下雨弄湿了，这是全队人的爱心！明天就送到街上去，让志愿者们拉往灾区。母亲笑他糊涂，因为今晚上绝不会有雨。

　　我睡得比谁都迟，我得好好地，静静地看看我们的小桃树。红蓝相间的塑料布将它们的头全盖住了，是的，这对小桃树是一次考验。但是，我们的小桃树有顽强的生命力，有莫大的使命感。它也许会憔悴好长时间，但它也会在苦难结束时绽放更加壮美的生机！

　　小桃树，我们会在你的树下仰望，在你的花间拍照，在你的枝头采摘，在你的绿荫里嬉戏，品茗，对饮，说笑。那是多少动人的情景。我想，我这么想的时候，所有的灾区人民也正在这么想，这么憧憬……

# 地震的声音

5月12日下午，我像往常一样，提前十分钟到校，先在办公室泡好茶，拿上书本和学生试卷，进了九年级二班教室。

学生还在陆陆续续进来，我将试卷分给几个同学发放，要求大家先预览一遍。班主任刘老师也在场，站在教室后边，监督学生做课前准备，马上就要中考了，学校从领导到班主任再到科任教师，都抓得很紧。

啊，这一切多么平常。课前总有一份喧闹，起起坐坐的，说说笑笑的，传递试卷的，迟到喊报告的……这一切太平常了，好像几十年来，老师和学生都是这样准备上课的。

但是不平常的时刻突然来临！

14:28，一阵剧烈的震动传来，全校范围内顿时响起一片惊呼。有人开骂："吃饱了呀？哪个班在乱蹦，楼都要震垮了？"我们都惊慌四顾，看见墙上的挂画在左右摇晃，窗户全都一扇一扇地，因抖动而响声大作：

咔咔咔咔，咔咔咔咔……

我过了两秒钟才意识到这是地震！我立即记起1976年那场地震，那也是我亲身经历了的。尽管我那时才七岁，尽管那时广汉地区震感不强，但许多镜头一下子浮到眼前：屋顶扎扎直响，仿佛要向人扑来；母亲正在喂猪，丢掉手里的木瓢就跑，桶倒了，猪食淌了一地；夜里，晒场上睡满了避难的人，空前热闹……

地震！多可怕的一个词语！

教学楼一共三层，我们班处在顶楼。这时候，楼体摇晃得厉害，仿佛马上就要倒塌，我觉得人成了盒里的火柴，或者成了大卡车里的货物，成了桌子上被洗来洗去的麻将牌，想站却站不稳。窗户在咔咔作响，楼体在轰轰直响，人在哭喊……

可怕！原来地震的声音是那么可怕！

粉笔盒在桌上跳舞，像孩子玩耍的机器狗，啪啪啪，两三下就到了讲桌边上，又掉落下去，十几根粉笔全部折断。

我本能地喊了一声："快跑！"所有学生夺路而逃。我向他们挥舞手臂，要他们向门外冲去，很快学生冲出了一大半。楼道里传来杂乱的脚步声，那是上千人的双腿踩出的声音，我立即意识到自己所在的教室离楼道最近，紧急时刻，职责就是守护好楼道，防止踩踏事件发生。我见刘老师在后门指挥，就立即随学生到了楼梯口。我大声喊叫着："大家动作要快，快！"

各个教室的学生不断向这边涌过来，尖叫声响起一片。我吼道："别慌！小心下楼！"看着一个个男孩女孩害怕的脸庞，我心里猛然一沉，天啦！我的女儿呢？她在哪里？她不就在三楼最中间那个教室吗？我的心突然揪得紧紧的！我往头上看了看，一大块水泥哗的一下脱落，像利剑刺下来，差点儿砸伤我的额头，这引得附近学生惊恐不已。水泥块在地上啪一声摔碎，接着无数双脚踩上去，踩得更加细碎。

我的女儿会不会……我下意识地迈腿，就要去找女儿，差点跟迎面跑来的一个男生撞上。我不能！我迅速冷静下来，知道这样做不仅找不到女儿，反而会阻挡学生下楼的速度。如果因此害得一些学生没能冲出死亡，那将是我的罪过！

我强制自己不再去想女儿，但女儿的形象却再也挥之不去。我这个宝贝女儿，性格特点就是一个慢字。有一次洗一双袜子竟用了半个小时！真让人担心！

有些学生脚步凌乱，下楼跌跌撞撞，真怕他们跌倒，在这么拥挤的情况下后果不堪设想！我赶快下到二三楼之间的拐角处指挥。有个学生吓得面无人色，抓住我的手臂问："谢老师，我们会不会死？"我说："少废话！先下去！别堵在这里！"

死？是的，死！很有可能！

我甚至能感受到墙壁左右摇晃，甚至能感受到天花板上下跳动，我觉得楼房再过一秒就要塌了,一秒!我一边对学生大喊大叫,一边在心里大声问着自己:"谢丰荣啊谢丰荣,难道你的一生就这样结束?"

这是真实的想法,我觉得恐惧是很强烈的,但比恐惧更强烈的就是这种想法,一种不甘,一种无奈!

尽管如此,我没有只顾自己下楼。那黑色的三分多钟,我坚持到最后,直到一个患小儿麻痹症的学生艰难地跑过来,我还抱着他的双肩一同跑出楼去。我算过,如果一个人不顾一切跑下去的话,最多只用十五秒钟。

刘老师竟然比我还后下楼,他一直在三楼组织学生,这让我更让学生钦佩不已!

我至今无法忘记那一片嘈杂的叫喊声。那是学校一千多个学生在生命最脆弱时刻的宣泄。我更忘不了那窗户的咔咔声,墙壁的轰轰声,桌椅的哒哒声,粉笔盒的啪啪声……

这些都是地震的声音!这些将是终生难忘的声音!

还有一个学生抓住我的手臂恐惧地发问:"谢老师,我们会不会死?"

我们是幸运的,持续近四分钟的地震过去了,教学楼安然无恙,所有学生无一伤亡。当全校师生都汇聚在操场里时,学生们纷纷与我拥抱起来,我发现有些学生眼里有泪光闪动。我们都有一种劫后余生的感觉,这场灾难无疑将师生之间的距离拉近了许多。这时候,我与他们说话,却发出呀呀的声音,原来嗓子已经哑了,此后一周时间才得以恢复。

三分钟,比三天大课还费力气!

第三辑 / **眉间的天堂**

# 昂首与匍匐

我耳边似乎响起了大海巨浪的喧哗声。

那声音时而雄壮无比，时而低回无尽。尽管我从没有到过海边，但大海无数次从荧屏里扑出来，扑在我的脚下，打湿我的裤管，那带着腥味的海风也灌进鼻孔，撩起我神往的情绪。我在沙发上闭上眼睛，仿佛自己真到了海边。

为什么说到海浪？

我挺喜欢的就是观潮和冲浪。一道雪浪猛地隆起，像老虎的脊背，纵身一跃就要吞没一切，那声势让人血潮汹涌。那是一种壮美！但是，大浪向沙滩上行进，高度缓缓降下，态度渐次温和，最后，竟像一张铺平在沙滩上的白纸，任老老少少的脚掌去书写清清浅浅的愉快。那是一种柔美！

壮美！柔美！虽有不同，却都是美！美哉！

海浪又开始后退，处于低潮，但下一轮的壮美和柔美将会交替进行。

人生当如海浪。世上没有永不低头的浪涛，也没有永不翻卷的死水。人的头高高昂起固然重要，但那样会过于僵硬，有颈椎疼痛和腰椎间盘突出之嫌。在顺境中意气风发，昂头天外，那是一种气魄；平时则踏踏实实，埋头苦干，那是一种美德；而在逆境中卧薪尝胆，低头反思，那是一种态度。

我更看重一个人在逆境中的生存方式。战国时的合纵家苏秦，多么希望自己首次就能说服秦王，让自己一举成功，享受大展宏图的幸福美酒啊！但是他被冷落了，不得不匍匐而归，归来时形同乞丐，父母不理不睬，妻子也当没有看见，嫂子更是连饭也懒得为他做。许多人都到过苏秦的这种地步。落到这步田地固

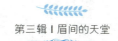

然无奈，但这步田地有两个指路牌，指向两个方向：一是坚定信念，磨砺人生，静静等待机遇的来临；一是万念俱灰，抛弃理想，永无出头之日。只是，许多人选择了第二条路，永受失败折磨就再自然而不过了。

苏秦没有！他为我们创造了一个勤学苦练的成语"悬梁刺股"。凭着顽强意志，一年中他饱读经典，并对姜太公兵法有专门研究，终于成了一个学富五车的谋士。于是他去拜见赵王，侃侃而谈，赵王一听拍掌大喜，封他为相，赐予无数财富，让他联合六国共同抗秦。很快，苏秦成为显赫一时的纵横家。

苏秦此时，头昂得比谁都高。但他不会忘了那段痛苦的记忆的，那是他匍匐而行的日子。但那段日子恰是老虎向下蹲身的准备过程，没有这向下蹲身的准备，就没有那纵身一跃的雄姿。那段日子也是巨浪回缩的低谷，没有这回缩的低谷，是不会有惊涛拍岸的高潮的。

为昂头而匍匐，是一种人生哲思！

# 我的面，还有我的面瘫

题记：我必须审视那段旋涡中的日子。面瘫发生了，它选择的是一个"死要面子"的教师！它在我心中搅起无尽的惊慌和恐惧，以及对职业和前途的忧虑。好在上帝只是想吓吓我而已……谢天谢地！虽然现在我还处在后遗症的困扰中，但庆幸已经找回不少原本属于我的东西：生活的信念、在学生中间挥洒自如的心态、昔日的悠游自在……同时，我又偶得了一些本不属于我的东西：曾经沧海的那份淡定。我想，上帝这是对我不加节制透支身体的警告，是要让我对过去的生活方式重新加以认识！

时间退回到2001年初夏……

泪水在脸上爬动，我没有想到去揩。

我仰靠在沙发上已经很久了。这个早晨，不知是我人生的转折点，还是结束点？的确，我想到了"结束"两个字。我处于一种极度恐慌之中。要知道，我是教师，我的脸对我而言多么重要！可现在，我的右脸……瘫痪了！

昨天下午上课时，它就有些异样，有点儿紧绷绷的，不太舒服。后来学生们替我回忆，说当时我的笑显得很怪异。晚上我睡了个无辜的觉，全然不知灾祸来临。早晨起来，似乎说话费劲多了，发b、p、m、f的音时嘴巴就漏气。我去照镜子，用力揉脸，试着做各种怪相，这才发现右脸不听使唤了！

面……瘫！

我跌坐在沙发上，全身冰凉。脑海里全是刚才在镜子里看到的情形。我的脸，从眉心到鼻尖分成两半，左边可以皱眉，可以眨眼，可以咧嘴，可以笑，可以哭……而右边一片死寂！它不再配合我了！甚至我想看清楚现在的面容，右眼也懒得睁；我想不去正视这份残酷现实，右眼也无法闭。既不能睁又不能闭的右眼令我始终有种刺痛的感觉。我心里有害怕，有不解，有愤恨，有无助，我想尖叫，想质问，想吵闹，想哭诉，可右嘴角也不愿控制着并爆发出气流。

我惨笑，笑只有一半！我痛哭，哭也只有一半！

那个早晨，我心里一遍一遍说着：完了！我完了！我竟然得了这种病！

我想到村子里那个被称为"杨歪嘴"的人，想到他的嘴始终像毛笔斜着挑上去一样，畸形，难看。我想到自己将以这样一副面容出现在讲台上，出现在小镇上，我一讲话，学生就会笑，我一交谈，人们就会异样地看着我。我的自尊心像炸弹一样被引爆，我无法容忍这样生活，我宁愿将脸抹下来，揣在兜里永远不用！

我想到……死！

但是，我并不愿死。让我在三十岁出头就想到"死"，这多么不甘。后来我想，大概是当时我完全被吓蒙了吧，"死"这个念头固执地出现在脑海里，让我不得不努力地去解读它的内涵，不得不像躲避地雷一样在它旁边周旋。

妻子也慌了神，她陪着我，轻声安慰我，然后跟我一道哭泣。她的手在我脸上抚摸,我的左脸清晰地感受到那指尖的颤抖。

我穿过午后的街道,不论生人熟人,我一概不打招呼。阳光刺眼,街道漫长。卫生院像救星一样接纳了我。妻子径直带我到万医生面前,偏偏那天诊断室里挤满了人。我一言不发,愁眉苦脸地坐在他们中间,并且怀疑地观察着这里的一切。病人们,有的在拔火罐,有的在针灸,有的在电疗。陈旧的桌凳,嘈杂的环境,医生白大褂上的污渍……这些突然让我后悔起来,觉得这不是个可以放心的地方,我不敢将自己交付给这里。

万医生听着我妻子的讲述,咧嘴一笑说:"没事没事!三个月包好!"

但是这话在我耳里,固执地成了庸医们惯常的吹嘘,压根就听不进去。

万医生将两根针刺进我的眉心和耳根的穴位。所有人都看着我,有个老太太认出我了,议论起来:"是中学的老师,也得面瘫了?怎么会呢!"我感觉左脸上发起烧来,好像也插进无数根针。我心里发誓:明天打死也不来这里了!

这就是我为什么只在万医生那里看了一次病的原因。后来碰到过他几次,但互不说话,我知道我伤了他的心,对他医术的不信任令他耿耿于怀。其实他并没有吹嘘,医治此病正是他的专长,要不然,求他治病的人会那么多吗?但在当时,我的确是一只热锅上的蚂蚁,紧张到极点,只好对不住他了!

市人民医院整洁的塑料长凳让我有一种踏实感,长凳上坐满了的病友又让我有一种安全感。一个五十来岁的女医生花了近二十分钟,让我对面瘫有了较为全面的认识。她的声音无异于来自天堂的纶音:"怕吗?"

我难为情地笑笑。想不到我竟然笑了!当然只是半个微笑而已,因为右脸仍在沉睡。我说:"怕!"

"你看看,这些长凳上,曾经坐着一批一批的面瘫患者,他们都不再来了。"

我将目光投向长凳上的病人,他们都在接受护理,有的打盹,有的看书,有的小声聊天,他们共同之处在于,脸上都扎着几根针,连着几根线,那些针随着电流的交替而在轻轻脉动。空气里没有颤抖,没有惊悸,一切是那样安详。

"有一点请记住:面瘫这种病,医治及时的话,有百分之九十九的治愈率,你会在这个数字里面的!"后来的时间里,"百分之九十九"这个数字在她的嘴里出现过多次，伴随着她和善的笑容，这个数字像灵丹妙药一般注入我痉挛的内心。

终于可以睡个好觉了！

有一个年轻女人也天天出现在长凳上。她浑身透出一种知性的魅力，流线型的秀发总是在医生扎上针后将脸盖住，恰到好处。她跟医生交谈时，我竖起耳朵来，听出她的b、p、m、f也带着气声，不过我已不再因"过敏"而紧张。彼此枯坐时，我友好地冲她笑笑，她也冲我笑笑，笑过之后，我们都立即意识到笑的异样，迅速收住笑容。

我心里一阵困惑，原来这么美丽的人也会得面瘫！上天是不公的。在她那张美丽的脸上，即使有一丁点地方成了命运的败笔，她也不会容忍。她理所当然比我更惊恐，比我更痛不欲生。然而，她是那样安静，也许她挣扎之际出现在我之前，她已经小心地涉过了那条凶险的河流。

而当一个才六个月的婴儿也出现在身边时，我震惊了。医生艰难地为他扎针，在那张还没有手掌大的脸上，扎下与我一样多闪亮的银针。也许刚才还在梦中，现在却被弄醒，那半张表情还不丰富的脸在竭力哭求。他的妈妈泪流满面，针无疑是扎在她的心上，爸爸则硬着心肠用手固定着他的头，配合医生。

后来我知道了，这种病的后遗症还是很明显的。我的面部三天两头有不适感，经常右脸肿胀，看书上网极易疲劳，眼睛老爱充血，看东西恍惚。我不知道那孩子今后会不会也这样，我当时真的这样想过：上天啊，请将他的疼痛化小些，哪怕这疼痛只能加到我的脸上！

三个月后，我回到了学校。我的学生为我欢呼，我则衷心地感谢他们，感谢他们的苹果，感谢苹果上的卡片，也感谢卡片上的几滴泪水。我微笑地面对他们，对他们讲关于面瘫的种种细节，那节课，我好像是从远方冒险回来的人，在津津乐道着山崖上的岩缝，和海水中的冰凌。

此时，我说自己终于"屹立"在讲台上了，也许更加准确。命运的邪风，来得毫无征兆，现在风定天青了。真正结束了的，只是那个"结束"的念头而已。这些傻话可别再脱口而出了，因为，一切都好好的，为什么结束？

医生叮嘱说：少吃辛辣，忌烟酒，不过度上网，多按摩护理。想要活得有脸

面的话，就对你的脸面好一些吧！

我郑重点头！三个月来，脸面失而复得，这是上天跟我开了个玩笑。上天是用面瘫这种方式，给我一个大大的提醒！

# 枯水期的河

枯水期。

老人不得不站在河滩深处钓鱼。偌大的河道只剩下不到十米宽的水流，懒懒散散地淌着。已经一个小时，却不见一片鳞光闪动。

年轻人笑了笑，觉得很滑稽，说："这是什么河啊？这又是什么垂钓啊？"

老人回头瞟了他一眼，慢腾腾地说："水少了就不是河了？半天不见收效就不是垂钓了？"

年轻人的脸红了，但仍然不服，说："那你说呢？"

老人头也不回，他提起钓竿，还是空空如也。一边重新下饵，一边说道："这条河昨天是河，今天是河，明天也会是河。我活了这么大的岁数，也没有见它真正干涸过。记住，在你的脚下，曾经碧波荡漾；在你的手边，曾经旋涡汹涌；在你的头顶，曾经泛滥成灾。一条河有它可怕的时候，可敬的时候，可爱的时候，也有它滑稽可笑的时候。俗人因景而论，现在你看到的是它可笑的时候，便说着可笑的傻话。其实，不是河的沦落，而是人的浅薄。"

年轻人羞愧难当。

老人又说道："垂钓之人对河有最大的敬畏。河富足的时候，也许给得多点；河贫瘠的时候，自然给得少些。只有理解了河，才无怨于河。保持你的敬畏，才能成为真正的钓者。"

年轻人肃然起敬——对老人，对河流，对瞬间感受到的人生。

# 我们别亏待了兴趣

让羊吃一辈子草，那不叫毅力；让狼吃一顿草，那才叫毅力。

所以如果有人赞叹说，一个科学家钻研十载，论文获奖；一个作家笔耕几番寒暑，大作问世；一个探险家徒步万里，挑战成功……他们全身心投入，他们克服了常人难以想象的艰难险阻，该有多么非凡的毅力呀！

听此一言，我只会轻轻一笑。因为，说者不懂什么叫毅力！那些取得卓越成就的人，更想感谢的不是毅力，而是兴趣，是他们对自己热衷的事业的浓厚兴趣！

兴趣和毅力是一对孪生兄弟，兴趣先出生一分钟，毅力继之。所以说，兴趣是哥，毅力是弟。有时候，明明是兴趣做的事，我们却归功于毅力，有时候，明明是该兴趣享受的待遇，我们也拿给了毅力。就因为他们长得太像，而毅力又太爱表功，所以都贴上了他的标签。

我们别亏待了兴趣！

世界上真正凭借毅力完成的事情，比凭借兴趣完成的要少许多。

如果送给居里夫人一本菜谱，或者一件刚开始织的毛衣，并且强迫她放下寻找镭的实验，她会抗议说："那不是我的兴趣所在！我离开实验室就没法活！"反之，把一大堆矿渣拉到另一个家庭主妇面前，交给她一口熬锅，她也会愁容满面。其实，居里夫人干的，正是她最轻松最快乐的事情，在这方面，她就是三天三夜不合眼，忘我地干，也是因为兴趣而非毅力。

由此足见兴趣对人生、对理想、对事业的重要性!

兴趣领我们入门,毅力只来打过照面,一闪身又不见影儿,之后一直是兴趣陪伴着我们。常常就是这样!而恰恰这样才是最佳状况!谁愿意要毅力陪伴全过程呢?毅力是与重重困难连在一起的,只有当困难出现时,才需要人们调动起毅力。毅力老是待在旁边不走,那岂不表明整个过程苦不堪言吗?

没有兴趣只有毅力参与的事情,是最苦最累的事情!

只有与兴趣成为挚友,才不需要毅力来指手画脚。

只有找到兴趣,才能破解人生快乐的密码。

优生学习轻松,因为他跟兴趣要好;后进生学习困难,因为他跟兴趣闹了别扭。他总是强打精神听课,而优生不需要这样;他极力让自己不在课内睡着,而优生不需要这样;他写字必须一笔一画才算工整,而优生不需要这样;他得花双倍的精力才能弄懂一个问题,而优生不需要这样……他干的是毫无兴趣的事情,而优生恰恰相反。优生之优,在于兴趣已经为他化苦为乐,后进生之弱,在于他面前只有苦没有乐。所以优生在学习上已经谈不上付出毅力,而后进生时刻都在跟毅力打着交道。重新给后进生兴趣,这是教育唯一的正确做法。

还是那句话,我们别亏待了兴趣!

# 补丁与奖状

补丁像不像奖状？补丁和奖状可不可以兼而有之？这个问题我可以回答。

我曾经将拥有过的补丁和得到过的奖状，重叠起来比较，结果发现它们大小一样，十分相似。为此，我十分快意！

我有一条裤子，是表哥穿旧后寄来的。它什么地方都好，就是整个屁股上覆盖着一张圆圆的补丁，就像一面牛皮鼓。其实补丁做得还算精细，我也十分珍爱这条裤子。

我对补丁有特殊感情。如果没有补丁，这条裤子只好丢掉，我这个二十年前的穷小子，还能有什么裤子可穿呢？所以补丁有补丁的可爱之处！看似最不体面的东西，实际上却能让你最有面子！

有几个同学很爱跟在我后面，学我走路的样子，还用两手比画一个大大的圆圈，放在屁股后面。那是对我补丁里透出的穷困的嘲讽。但我没有恼羞成怒，摸摸屁股上的补丁，对他们笑笑而已，好像补丁是一种荣耀！

我的学习成绩不算差。有一次，学校开会发奖，我又穿上那条裤子参加。校长发给我的，是全校唯一名额——市级三好学生。我上台之前，路过那几个调皮鬼，他们坐在凳子上，又用双手比画大圆圈。我高傲地昂头而过。从校长手里接过奖状时，我也不知为什么，竟然当着全校师生的面，将奖状啪的一声，拍在屁股后的补丁上。

所有人都看到这个事实：补丁与奖状，大小一致，又那么相似！

所有人都看到这个事实：一个穷小子，捧着鲜艳的奖状，在和难看的补丁跳舞。

这个怪怪的动作至今难忘。前些日子,两个女生迟疑了半天,一起走进我的办公室,委屈地说她们不想当特困生,不想接受每学期一百五十元的照顾,因为全班都不拿正眼看她们。于是我讲了这个关于补丁的故事。我绘声绘色,兴高采烈,还用手比画自己屁股后面,好像我的后面,永远有一个大大的补丁。

那也许是岁月特制的奖状吧!

# 奔跑的快乐

嗒嗒,嗒嗒,嗒嗒……

你可能听过这种声音,在战场上,在山谷中,在草原,在古道……

我跟岳飞的坐骑没有两样,跟辛弃疾的爱物有同一个名字:

马!

"马作的卢飞快,弓如霹雳弦惊。了却君王天下事,赢得生前身后名!"就是这样,我与英雄们并行,与他们同生共死,我的荣誉跟他们的荣誉齐肩,我的美名跟他们的美名长存。

我原是草原上一道闪电,最肥美的牧草将我喂大。我的父亲一声长鸣,那是在骄傲地宣称:孩子,你青出于蓝而甚于蓝,已经是草原上最迅猛最强健的野马!你有多少抱负?有多少梦想?快离开草原走吧,去找你的主人,找你的归宿,与他一道将抱负和梦想打造成现实!

我的母亲用一道晶亮的泪光将草原打湿。我狂奔而去,牧草在风中飘摇,星月在夜空旋转。我踏入黄土,迈进沙漠,走过湖泊,飞越群山,我找到的第一个人叫伯乐。伯乐初见我时，眼睛骤然一亮，他哈哈大笑，连连说道：谁说天下无马？谁说天下无马？此乃神品！它的名字应该叫作赤兔！

伯乐没有说错。

嗒嗒，嗒嗒，嗒嗒……

英雄身穿铠甲，手握缨枪。他那张青春洋溢的脸庞，在夕阳里映满霞光。我打着响鼻，英雄最爱听我的响鼻声音，他陶醉了，也举枪向长空大吼一声。其实，这是他的"响鼻"，人和马都有着极其相似的地方。

一场惨烈的战斗在山脚下进行。我首当其冲，率先闯进敌阵，随即听见叮叮当当的兵器撞击声，咿咿呀呀的战士叫喊声。嗒嗒，嗒嗒，嗒嗒……我的蹄声盖过一切，英雄的枪在我背上舞成一朵红花，他力量超群，有着万夫不当之勇。这场战斗在夕阳将落时迅速结束，我清楚，我的第一个战功已经像月牙儿那样佩戴在天地之间。

奔跑！奔跑！拼命地奔跑！

主人轻轻催促，我们之间早就达成了默契，暮霭中，一道闪电在山峦中飞奔。

我想起了父亲，想起了母亲，想起了草原，想起了从草原出发所经过的山山水水。马的一生，就应该这样畅快淋漓地奔跑。跑遍世界，为了荣耀，众里寻他千百度，为了梦想，踏破铁蹄。

我蔑视蜗牛的故步自封，蔑视龟类的寸步难行，蔑视燕雀的低飞萦回。我是马！永远以远方为目标，以奔跑为快乐！听吧，从历史深处传来一串蹄音，从马背上传来一首好汉歌，让世界永远响着这进取的声音：

哒哒，哒哒，哒哒……

 # 滑翔到我巢

最近，鸭子河里开始蓄水，看来，多年无水、河将不河的"尴尬"结束了。垃圾隐现、荒草满滩已然成为历史，现在只见碧波荡漾，鸥鹭飞翔。对于我这种偏爱傍水而居的人，这里又成福地。

每天早晨，我在跑步的当儿，仰头看到鸥鹭纷飞，总有种莫名的愉悦。我喜欢观看这些白色的鸟儿掠过头顶，希望它们再低些，再低些，最好用柔软的羽毛轻轻拂过我的百会。它们悄然飞过，不像别的时候发出洪亮叫声，嘎，嘎嘎。仔细一瞧，它们嘴里衔着草茎或树枝，原来是一大早就忙着修巢啊。

巢，好温柔的一个名词！

我猜想，这些鸟儿一定是有分工的。修巢的一定是雄鸟，也许出发前，雌鸟还对它叮咛再三，就好比一个家庭主妇对老公说，记得买个灯管，别忘了带包餐纸……而雌鸟则在巢里守护着那几枚正悄悄向幸福升温的蛋，直到它们有一天变成叽叽喳喳叫个不停的小精灵。

当然，衔着草茎树枝飞过的也说不定是雌鸟，它们可能在孵蛋之余，对巢的舒适程度感受更细，要求更高，正如女人们用挑剔的目光看待自己的家一样。在它们的努力下，巢就更加完美啦！

河边有个人工湖，湖中有个小岛，鸥鹭们都把巢建在岛上。我围着湖岸跑步，眼睛像铁屑一般被小岛吸附。

我看到足以让我动情的一幕。

原来鸥鹭们的飞翔是那般美妙！当它们从树枝上一跃而起，翅膀奋力振

动,长长的脖子伸向前方,细细的双脚斜向后方。优雅,曼妙,不疾不徐,如国画中最飘逸的一笔,似古曲里最悠长的一声。兴致高时,它们偶尔会在湖面打一个旋儿,让一圈涟漪荡成人们心中的快慰。如果一只在前,另一只在后,还会制造一点小小纷扰:后者突发一声惊叫,前者则像是被吓了一跳,加速飞远,两只鸟儿就这样开着玩笑,假意捉弄的背后藏着善意的幽默。

这是鸟儿们离巢时的情形。

归巢时,气氛会更加温馨,更富有诗意。

每只鸟儿几乎都在离小岛三十米远就停止振翅,全身静静滑翔,高度一分一分降低,距离一米一米接近,那姿态,活像一株洁白的仙客来。在滑翔中,它们的头与脖颈成一条直线,指向的正是那个圆圆满满的巢。或许此刻,鸟儿正专注于欣赏它们的爱巢,不愿错失每一次机会,显然这是一种真切的享受。

在扑入巢中时,它们有没有瞬间漾起的幸福的晕眩?

在把嘴里的食物吐哺给雏鸟时,它们有没有艰辛尽失、只剩快活的感觉?

在风雨飘摇的巢中栖息时,它们有没有乾坤茫然、唯家真切的小小知足之乐?

这正是我们这些凡人的幸福啊!

有天回家,在酒桌上,小兄弟谈起他记忆中两个印象深刻的瞬间:

一是十五岁那年,他跟着一个歌舞团外出巡演,不想没多久歌舞团就意外解散。在异乡,他只剩下一把我送的吉他,偏偏吉他又被人抢去。他就靠很少一点钱,偶尔搭车,大多步行,朝家的方向一点儿一点儿接近,那滋味难以言表。后边的情景我清楚,听到敲门声,我打开门,一个眼窝深陷、憔悴至极的少年站在面前,手里本来就轻的包裹扑地掉到地上,口里哽咽叫道:哥……

二是他前几年去西藏打工,终于拿到工钱,能回家了,汽车本来要经过家门口,但是他在镇外就下了车。他说:日日夜夜想家,那一刻反而不愿急着回去,只想,只想细细感受那种一点儿一点儿接近家的美妙滋味!

一点儿一点儿接近家,是一种美妙!

听着小兄弟的讲述,我想到鸭子河上的鸥鹭。是的,以滑翔的姿势,像鸥鹭那样,归巢!

# 马蹄莲的忧伤

　　妻子喜欢马蹄莲，多次买回家来。本来家里并没有足够大的花瓶，为这事，我们曾在瓷器店里犹豫了很久，后来一咬牙，还是舍不得花掉那一百多元。她就想办法，把五升装的油桶剪开，洗净，盛上水，插上花。

　　妻子这一聪明，全世界的花瓶好像全失去了价值。

　　马蹄莲一到来，真是蓬荜生辉。不论看电视，看书，还是品茶，不经意间目光溜到那几枝青绿和几朵洁白上，清爽顿生。仿佛有了它，所有家具都带上灵气，人在其间，满心都是一种精神上的愉悦。

　　从此，我认识了马蹄莲，认识了马蹄莲的忧伤。

　　起初，它的花紧卷，茎挺拔。后来花开到极致，又白又大，恰似夏天的冰激凌纸筒。最后，它的茎慢慢软化，腐化，花蔫下来，略呈黄色，如黄脸婆，似老妇女。从"起初"到"最后"，整整一个月时间。一个月！好像玫瑰不会这么长吧？丑菊也不会。马蹄莲有如许长的花期，真让人赞叹。

　　妻子说："真不忍心看它这样腐烂下去，好像挺残忍！"

　　妻子说到做到。花开过后，她每天小心用剪刀修剪，一寸一寸剪掉泛黄的地方。于是茎越来越短，叶越来越窄，花越来越小。等某一天，茎非茎叶非叶花非花，再抽出来扔掉，就像对每一件她舍不得的东西那样。

　　于是，我家的马蹄莲永远以美丽示人，没人能看到它憔悴的样子。于是，我家的马蹄莲美丽而残缺，它挺着，挺着，像夜晚皎洁的月亮，尽管只剩下一半，或者三分之一，但它还得继续地皎洁。

此时的马蹄莲,多像一个急于回家的客人,欲言又止,而主人一再挽留。

美丽的马蹄莲,你没有枯萎的权利!

美丽的马蹄莲,你必须刻意美丽,否则就被扔掉!

美丽的马蹄莲,你在"别人"的家室里,天天演绎自己的苦楚。你的花期长,恰恰是你的苦楚在翻倍,你的美丽在一天天缩小,而苦楚在一天天扩大,大到弥漫整个房间。

你局促一隅,像一个憔悴的女佣!

令人怜惜的你,仿佛在哀求榨取美丽的我——

还你以枯萎的权利!

# 以 生 为 师

铃声一响,我宣布下课,然后意味深长看了李露一眼,转身离去。我在办公室里坐定,心想不会超过一分钟的。果然,一分钟未到,两个学生捧书而来,其中就有李露。

我笑了笑,问她们:"谢老师真是惭愧,这次错在哪里?"

上课时我就预感可能出了点错,因为我见李露很警觉地去翻看一本文言类的书。这会儿李露说:"谢老师,你读错了一个字的音。李白诗《宣州谢朓楼饯别校书叔云》中,'校'读jiào,不读xiào,'校书'是古代一种官职,相当于文书一类。"

另一女生也说:"谢老师,你一直强调要有依据,你看,这本书就是依据。"

我将"依据"看了看。不错,是这么回事。然后我在自己的书上认真作了笔记，真诚对两个学生说："老师谢谢你们！明天一定在全班订正这个字音。"第二天，我履行了自己的诺言，脸上并没有半分不好意思。

我称这两名学生为"一字师"，这样的老师有十来个了。给学生当学生，或者说，学生给老师当老师，是很有意思的一件事。这不是难堪，如果怕难堪，在学生面前狡辩自己的错误，学生会打心眼里瞧不起你，那才是真正的难堪。

勇于在学生面前承认错误，可以收到两点效果：一、使他们明白，学海无涯，老师知之也并不是很多，这就能激励他们的求知欲望；二、使他们树立正确的学习态度，不懂就是不懂，不要装懂，这一点，上行则下效，教师得带头做起。

两年前刚调入广汉中学实验学校时，我就直接给学生表明态度，希望他们勇于给我纠错。那次，我"口若悬河"，其中夹杂了一句"话说天下大势，久分必合，久合必分。"学生瞪着眼睛听得入神，但这话一出，立马起异议，两个男生交头接耳说起来。我边讲边观察他们，后来就走过去，请他们起立，问："密谈什么？"

二人齐道："谢老师，我们发觉你引用的句子有点儿错误。"

"在哪里？"我回想一遍，并不觉得有什么错误。

"'话说天下大势，分久必合，合久必分。'这是《三国演义》开头语句，分久，不是久分，合久，不是久合。"张捷说。

"是吗？"我笑笑，问道。有几个人证实说是。

我鼓起掌来，尽管我并不喜欢上课动辄鼓掌，但偶尔为之，觉得很能画龙点睛。我站上讲台，在黑板上画了两个圆圈，一大一小，开始讲古希腊哲学家芝诺论求知的故事。我说圆圈里边代表人的已学知识，圆圈外边是未知领域。大圆圈装的比小圆圈多，这就好比老师懂的比学生多，但大圆圈接触的未知领域也比小圆圈多，这说明老师不懂的不会比学生少。所以，任何人都必须不断学习。

讲完这个道理，我紧盯着那两名男生说："为什么不举手指出我的错误呢？老师的错误，传给学生后可能就变成几十份错误，再由学生传开，可能变为成千上万份错误。所以，对老师的错误应该立即指出，不该听之任之！"

从这件事起，学生都很乐意与我探讨有分歧的问题，我错了，就老老实实承认并当众纠正。

当我讲到美国去年军费开支有两千多亿美元时，一男生立即纠正，应为四千多亿美元；

当我讲到豆蔻年华是指女孩十五岁时，一女生马上反对，应是十三四岁；

当我列举少数民族著名作家，只说出满族人老舍就一时语塞时，一名学生竟然补上：萧乾，蒙古族；

……

课后，他们都捧着书本走向我，我知道他们已经爱上了读书，养成了多方查阅的习惯。每每此时，我心中充溢的都是难以言表的喜悦！

 # 命 令 自 己

我崇拜将军在士兵面前的威严，我喜欢听"立即执行"和"是"的声音。

我是教师，我对自己在学生面前的表现也比较满意，我对他们说"你得这样做"，而他们往往都说"好的"。

但是我顷刻间又失去了那种满足感，因为我清楚地知道：我命令不了自己！早晨六点半，手机的闹铃响了，我对自己说："赶快起来，在孩子面前做个表率！"而另一个声音马上响起："我可以再睡一会儿的，今天是星期天呀！"然后我又对自己说："星期天又怎样呢？你还得起来早一些。"但是我又听见自己说："今天就破例吧！"于是我无可奈何地骂自己是懒鬼，也就睡到大天亮。

一篇论文还差一个结束部分了，但这时夜已很深，一看钟，快零点了。一股睡意袭上心头。可是我命令自己："写完它！"我又听到异端的声音："我不干！""不干也得干！""不干就是不干！坚决不干！""好吧，你这头蠢猪！"我

还是对自己妥协了。

市上即将举行诗歌朗诵比赛，总共有六十个单位的节目参加，学校政教主任到处找人，马上就要走到我的跟前了。这时候，我对自己说："这你该参加了吧？你普通话基本功不错。""要是砸了怎么办？那么多人面前啦！""你是一个教师，怕抛头露面咋啦？""教师又怎样？还不是一样要紧张？""你不代表学校参加，谁去参加？""反正我不参加！"经过这样一阵争论之后，主任已走到跟前，接着的事情是，我与他又把我与自己的那段话重播了一番。结果，他没能说服我，或者，我没能命令我。

自己老是和自己讲价钱，自己老是和自己作对，自己老是不把自己放在眼里。我竟成这样了！

想起过去读书的年代，我如何给自己造日计划、月计划、学期计划，以及这样那样的计划，而自己都能一一按时加以完成。有一段时间每天要走十多里路，来去于学校和家之间，清早五点刚过就出发了，大雾也好，风雪也好，黑暗也好，独来独去的恐惧也好，全都不放在心上。一旦别人成绩比自己好，就想方设法去超越他，而且总能办到。想到这里，我不禁对自己心生敬佩了！同时，我发现自己似乎变了一个人，我是谁呢？

那种蓬勃的朝气真好！自己能命令自己，自己作自己的主人，自己对自己负责的感觉真好！

而我现在身上，明显多了许多暮气，也就是别人说的"老气横秋"吧，自己对自己松于管教，自己对自己缺乏自律，自己对自己听之任之，我的自己会不会蜕化变质呢？会不会走上世人所不齿的道路？

其实，许多贪心的官员、渎职的干事、伸手的小偷、卖笑的娼妓、杀人的凶手……不都是因为在决定自身前程的那一瞬间，缺乏命令自己的力量吗？

所幸的是，我至今只是在命令自己不犯小毛病的时候出现软弱，我还能够在关键时刻对自己一声大吼，将自己吓退，不至于使自己从高高的悬崖上掉下去！

所幸的是，我还可以在发现自己对自己过于软弱的今天，立即警觉起来，加大对自己的管理力度，防微杜渐，不至于让自己"小洞不补，大洞一尺五。"

# 教 你 叹 息

你需要一声叹息！

叹息是一株夜来香，会在你的房间里，弥漫起似香非香的氛围，与从红绿壁灯中渗出来的迷蒙光雾一起，深邃了这个夜晚。

叹息是一片粉状的月光，会在你的眼睛里纷纷扬扬，洒下一层诗情与画意，会令你重新去理解人生的那"三天"：昨天、今天、明天。

所以，你需要一声叹息！

像李白那样叹息吧，"弃我去者，昨日之日不可留；乱我心者，今日之日多烦忧"。像孟浩然那样叹息吧，"坐观垂钓者，徒有羡鱼情"。像李商隐那样叹息吧，"夕阳无限好，只是近黄昏"。或者像苏东坡那样叹息吧，"不应有恨，何事长向别时圆"！

像所有懂得叹息技巧的人那样，把叹息当成充足的睡眠来对待，并从叹息中寻回勇气与力量！

在白瓷酒杯中，盛满近日的忧郁或长年的苦痛，以最优雅的姿势，一饮而尽，然后长长地叹息一声。

长叹了，再深吸，深吸了，再长叹。你需要像定时服药一般，作这样的练习。

像哲人一样吐故纳新。在蒙受车辆驶过时腾起的烟尘之后，在小偷窃走你口袋里的几张钱币之后，在刚从医院探视过母亲之后，在许多人升迁向你握手道别之后……你轻轻悄悄地摇摇头，轻轻悄悄地叹息一声。

你不应该听信别人的话，以为叹息是消极的。

叹息——那不就是人体的排毒吗！有毒不排，人何以堪！

勇敢地叹一声！叹一声你也许就如释重负。叹息是一把钥匙，它可以开启一个天地，叹息是一粒冰糖，它可以调配一场温馨，叹息是一把折扇，它可以淡化一种灼热，叹息是另一双明眸，它可以抚慰一道心伤。

如果说"墙外行人墙里佳人笑"，这种"多情反被无情恼"的事情让人怅伤；如果说"人面桃花相映红"已成"人面不知何处去"令人追忆；如果说"早生华发"，落得个"多情应笑我"；如果说"艰难苦恨繁霜鬓，潦倒新停浊酒杯"让人无奈，那么，叹吧！

叹什么？西山的落日是不可叹的，不用叹的，因为岁月易老，为自然规律而叹那是自寻烦恼。东篱的菊花也是自有人叹，无须你叹。整月的霏雨全世界在叹，不值得跟叹。不要叹得可笑，叹得过俗。叹就叹得更有层次，更有韵味，大丈夫一声长叹，江河停流。

仗剑而立，倚马而望，迎风而歌，仰天而叹。何其风流！

你真的需要一声叹息！

 慢

老鞋匠是个慢性子。他接过我的皮鞋，慢慢地戴上老花镜，又颠来倒去看了很久。

我急得心痒痒的，几次想提醒他快点儿，可还是忍住了。

老鞋匠眉头皱了皱，腾出手来支了支眼镜，然后说，你好像很忙，鞋底都磨成斜坡了，现在才拿来补。

我说，怎一个忙字了得！我每天一起床就像陀螺，有做不完的事情，直转到深夜回家。我的心情一直紧绷绷的，人家都说我有些未老先衰。

我坐在小马扎上，一边比画一边扭动身子，小马扎吱吱地响。我说我一直在快节奏中奔忙，坐下来都情不自禁地动。我还说，老师傅你快点吧，我没有时间跟你闲聊。

老鞋匠同情地看了看我。他俏皮地一咧嘴，说：我今年六十八岁，你要我快点儿，快点死呀？

我惶然，连说不敢。老鞋匠挥挥手，说是开个玩笑，然后他高深莫测地问：何不体会体会我这里的慢呢？

什么？我一时怔住。

体会慢！

我惊奇地打量老鞋匠。他满脸皱纹，胡子也有些白了，但不像没读过书，要不然这句"体会慢"的惊人之语是说不出来的。他冲我睿智地一笑，老花镜在阳光里一闪，像一条格言。

我的心立即沉静下来。于是开始仔细地看他如何补鞋。他真是慢得可以！而且今天好像故意要给我上一堂"慢课"，示范一下慢的标准。我发现他切皮垫很慢，上胶水很慢，敲钉子很慢。而且，动作颠三倒四，毫不精简，完全体现不出技术的熟能生巧和过程的行云流水。别的鞋匠常常是，这只鞋打磨，那只鞋上胶，交错进行，早已形成固定的流程，既省时又省力。而他则不，一只补好，另一只连动也没动一下，好像忘了，刚刚才想起来一样。

老鞋匠轻轻地哼着歌，时断时续。我听不出唱的什么，但我发觉，他的歌跟他的动作一样零乱。

从老鞋匠的口里得知，他年轻时动作很快，现在他的儿子在另一条街补鞋，动作也跟风一样。但一进六十岁，观念一下子就变了。快有什么好？跑马如何观花？日子跟吃饭一样，得细嚼慢咽啦！

冬日的阳光很暖和，照在来去匆匆的行人身上，也照在老鞋匠的手上，和我的脸上。

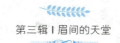

鞋终于补好了，用去整整一个小时。

好啦！小伙子，咋样？老鞋匠问。

补得还行！我答道。

我问的是这一个小时咋样？

哦，晒太阳很舒服，不知不觉时间就过去了。我回味了一阵，这样回答。

所以说，急什么急！快什么快！有时候要快中取慢，张弛有度，这是秘诀，懂吗？

我双手把补鞋的钱递给他。在付费的同时，我由衷地为这一小时的受教而心存感激。

# 让它们死在哪里

今夜，我沉重地动笔，想写一写关于生命的文字。

万事万物在我们眼里，似乎无关痛痒，但上帝知道，人类，还缺少一根隐形却又四通八达的神经，只有这样，人类才清楚其他生命也与自己一样不容伤害。

这是上帝至今还有的遗憾。

两个侄儿实在太调皮了，我见到他们时，一人捉着一只笋子虫。

美丽的笋子虫！

它们是一种拇指大小的甲虫，背部黄亮，翅膀像两张玉米叶子，有密密的竖纹，好看好玩。奇特的是它们的嘴，像一根长针，上下拱动十分有力。两个侄儿都把自己的笋子虫拿给我看，我突然发现它们是不一样的：一只的脚完好如初，有好几道关节，修长精密，细细的钩子用来抓紧竹子的枝干，靠它能在竹子上自如上下，我稍不留神还被它抓了一下，痛得大叫；另一只却被高位截肢，每条腿都只剩一节，像人只剩下大腿，惨不忍睹，原来是被大侄儿用剪子剪掉了的。

我为这只虫悲哀！还没开口教训两个捣蛋鬼，小侄儿却突然哇一声大叫，冲到一笼竹边，攀一条竹枝下来，又捉了一只笋子虫。这样，连我女儿手上也有了一只。叫他们放，哪有人响应。我想起自己小时候，也曾捉过许多好玩的小生命，就不再指责什么了。

但是不到十分钟，三只笋子虫都落得相同的命运了：脚被剪去一大截。

我就生气了，问他们为什么还这样做，太残忍了！可女儿说："它抓疼了我！"我无可奈何地摇摇头。

我们搭上公共汽车。计划是：侄儿到我家度假，也就是他们的"国庆七天乐"。其实一出发我就暗暗叫苦，这二位"仁兄"可有多动症，这个玩电脑，那个就看电视，然后再换过来，然后又换，换班时候在地砖上冲来冲去，其他人谁也别想沾上边。

好不容易家里出现了近似的"万籁俱寂"，已经深夜十一点了。我在茶几上摊开稿纸，想写点儿什么。这是习惯，不写点睡不踏实。一种细微的声音传来，像在耳膜上爬，似乎一直在响，只不过这时候我才听到。一看，就在茶几上，一个小果盘里，仰躺着三只笋子虫。

那惨状让我动容。它们像三条船一样，针形的嘴朝上，就像舵被水手扳来扳去一样，六条断腿恰似六根木桨，迟缓地划啊划啊。也许整个夜就是黑洞洞的波涛，也许这三条船遭受了同样的风暴，而今还在没有岸的无边无际中，麻木地漂浮。

我突然想起，三个孩子在公车上将这三只笋子虫捏在手里。那时候，它们一定憋闷得慌！它们是三个身不由己的乘客，这辆车无疑是开向它们共同的终点的。它们离开自己那片青葱的竹林，最终仰躺在这光洁的果盘里，成了被顽童遗忘的玩具。

青葱的竹林，一定是它们此刻全心思念的所在。我不知道这三只虫子里面有没有"诗人"，如果有，它的心里也许早已有了一腔极其悲苦又极其感人的诗意。

我愿意做它们的诗人，替它们传达这种悲苦！

一种恻隐之心生起，但我知道，它们失去了伸缩自如的脚爪，已然像三只被摘下枝头的苹果，只等静静地腐烂了。

静夜，对人类而言是甜梦和摇篮，对许多渺小至极的生命来说，是终点和坟墓。

我静静地听了听卧室里传来的鼾声。孩子们已然熟睡。这些不懂事的小坏蛋们，怎么能知道另一些"生命"的疼痛！我想着，明天该以怎样的语气同他们谈有关"爱"的话题。爱动物，爱自然，爱生命现象。对，就从笋子虫抓他们的那一刻说起，我要让他们知道，那点痛不算什么，当他们的剪子用力的瞬间，有三只小生灵感到了巨大的痛苦，并且无可避免地开始了生命的读秒阶段。

我又很快再次想到我的小时候，自己手上不也像雪花一样，消失过好些生命：小蚂蚁、小蜻蜓、小麻雀、小鱼儿……

我再次看着这三只笋子虫，挣扎，折磨，受难……我的脑海里涌出好些词汇来。纵使我将它们放归自然，它们也已经失去了生存的能力。但我再不忍心看下去了，端起果盘，轻轻打开门，面对巨大的夜，不知所措。

让它们死在哪里？……

# 陶渊明的菊花

陶渊明为官时，看不惯某些人的做法，辞官退隐，一心培育菊花。于是，他家屋前屋后全是菊花，开得美不胜收，不乏珍稀品种。

陶渊明在他的菊花中，品酒，作诗，非常自在。

陶渊明的菊花开始有人问津。

陶渊明稍微动了点儿脑筋，生意就做得如火如荼。由此，他成了当地养花大户。

一天，他家来了一个官府随从，要买很多菊花装点衙门。陶渊明看出那随从正是过去老是排挤他的官员的手下，心里有气，就没有卖给他。

第二天，官员直接来到陶渊明的家里。

官员问陶渊明："如果官场上我输给你，那么你的菊花还能开得这么多，这么艳吗？你的诗还能写得这么炉火纯青吗？在官场上我比你强，这你必须承认，而在文场上，你才是最强者，这我也必须承认！你输掉官场，正好可以得到文场，你是得，还是失？"

陶渊明一怔，一想，一笑，说："你想买多少？叫人来运吧！"

自此，陶渊明竟将这个官员——也就是过去的对手当作半个朋友。

几年后，这个官员调走了，陶渊明的家乡又来了一个新官员。新官员对陶渊明很了解，也很赏识。

才来一天，他就出现在陶渊明的菊花丛中。

陶渊明问他想买哪个品种。

这个官员笑盈盈地看着陶渊明，说："喏，就是那株最高也最美的菊花。"

陶渊明突然发现他是指着自己的。他一怔，一想，一笑，说："这一株啊，我要留种，是不卖的！"

自此，陶渊明与新官员成了最好的朋友。

 看 芦 花

他是个教师,一直过着清贫的日子,但梦想有天时来运转。

这天,为了每月还房贷的事情,他和老婆吵了一架,自己甩门而去。他来到河边,坐在一块高高的巨石上看满滩开放的芦花。四周寂静,偶尔的两三个行人也来去匆匆。

他觉得芦花并不被人们赏识。

这时接到一个电话。咦? 是多年没见的朋友打来的,这个朋友现在已经跳槽进了官场,且如鱼得水。朋友在电话里问他有没有进入官场的意思,因为他们单位还缺个"笔杆子",领导让他物色一个。

他还坐在巨石上,但心跳早已加速。"容我想一下午行吗? "他是这样对朋友说的。

机关! 收入! 家景! 房贷! 腰板! ……他心里的多米诺骨牌被一一撞翻了。这时一阵风起,他发觉,满滩的芦花纷纷飞舞,如波涛汹涌,像不知从哪里卷来了一江春水。

天色将黑时,他缓缓举起电话,说:"谢谢你给了我一个机会! "

朋友笑了,问,这么说你决定了?

"不! 我不准备改行,我喜欢原来那种清净的生活方式,我不想违背自己的意愿。我是说,谢谢你给了我一个看芦花飞舞的机会! "

是的,他已经理解了芦花的内涵。

我们应该允许芦花在风中狂舞，只要它的根还扎在柔润的水湄。

夕阳的余光中，芦花静谧而又恬然，像一幅国画，有《诗经》的神韵。

# 想你了，梨花

今天，又是一个春阳融融的天气，走在大街上，感受着空气里那种莫名的畅快。春意薄薄地涂在世界上，有的地方还来不及涂，显出残冬的幽暗和清冷。但是，春意毕竟滋生了，在阳光里被调配，浓度不高，恰恰因为浓度不高，弥足珍贵，就更见魅力了。

一整天，心情愉快。入夜，不觉打开电脑，不觉点出去年存入E盘的春游照片，不觉长时间对着梨花痴痴回首。想你了，美丽的梨花！

尽管我曾为桃花赋诗，但相比而言，我更欣赏梨花。桃花开时，与山头的红砂岩无法区别，主体与背景混成一体，使人觉得花就是土，土就是花。再者，并非所有桃花都能红到极致，因此总显得寡淡寡淡的，反而像一位女子干燥缺水的面色，自然远不如梨花的纯净雅致。梨花，玉的光泽，水的质地。桃花收尽人气，饱蘸风骚，但梨花也会选一些幽静的院落，兀自高洁。

高大的老梨树，连绿叶都还来不及准备，却先为人间奉送一场眼中的盛宴。它们就是一些清瘦的老者，那嶙峋的树皮正是中华民族久远的深衣和汉服。树总是站立着，仿佛几十年上百年保持着一个姿态，但我还是感受到树在向人施礼，树在向人问安，树在向人盈盈一揖。那不正是我们民族的风范吗？梨园之中恰恰正是礼仪之邦，那些梨花是如此有教养，又是如此温文尔雅，更是如此知书识礼！这就是在面对梨树时，我生起的强烈感受，这种感受，却绝对是匍匐于地的桃树不能给的。

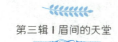

花的纤尘不染，树的温文尔雅，总的说来，与梨树的交往，是学识的会晤，是志趣相投者的谋面。

有太多的"人面"直奔桃花而去，目的是与之"相映红"，让我们的车穿过桃花，穿过热闹，一直抵达清幽的深处。

真的想你了，美丽的梨花！

# 生命一如桃花

又是潮涌大江，又是春满人间，桃花在诗书里轻轻唤我，柔婉，热切，充满挑逗，声声响在我的耳轮。桃花也在山岩下，竹林边，江岸旁，以及别人家的院落里，还有我的每一个狂乱的梦中……

唤我！

于是，这个三月，阳光里总似有一段红润的肌肤在隐现，总似有一个女子的容颜在轻笑，她以不可抗拒的力量将我的心标上磁极，天天让我想她念她，天天让我魂不守舍，如痴如狂。

于是，夜夜我进出于许多离奇的梦境：

阳关古道上，一骑奔来，桃花在马背上抗拒风尘。怀抱桃花之人频频后望，尘土飞扬，箭镞如蝗。那奔逃之人最终还是倒在马下，中箭而亡，马也不再逃避，与主人一道坦然踏进死亡之门。烟尘随即围拢，追兵们瞠目结舌，无法相信这个年轻士卒凄美的死法。他只因路过一片桃林，就忘乎所以下马，痴笑，亲吻，奔来跑去像个疯子，结果中了埋伏。

我有理由相信，这情景在阳关古道上发生过，不然为什么总入我的梦境？我还有理由相信，年轻士卒此举皆因他生在江南的春天，家乡遍种桃树。只有深懂生命之美的人，才会用生命去拥抱那一枝艳丽的桃花。

深山密林中，寂静比树木还要茂密，游击分队与寂静融为一体。他们秘密行动，要在桃林里偷袭一队敌人。夜已散尽，阳光明媚，一切如常，寂静没有被风吹乱，只三两片红瓣落进战士们心里，点破春水泛起漪沦。一个十七八岁的战士于是走了点儿神，把一枝桃花轻轻插在枪尖，然后笑嘻嘻瞪着它看。看桃花如看人面，是的，透过桃花他看到了村里的妞儿。桃花就这样与之对视，妞儿就这样与之对视，直到一声枪响，他投入战斗。桃花林里，美丽的枝条被枪弹击落在地，他心如玉碎，咬紧钢牙，想用最短的时间歼灭来敌。他办到了，寂静又茂密地生长，小战士又把桃花插在枪尖，向那桃花般的妞儿走回去……

我深信，梦见这一刻，我的热血几欲沸腾，我有跟小战士一样扛枪而战的勇气！

我进出于每个离奇的梦境，桃花的颜色在生命里越来越浓。我必须去桃花的国度，看每一朵桃花的舞蹈，去接受无数人在地下用双手托举起来并敬献给世人的壮美。

桃花节在即，我在电脑边坐下，翻出去年桃花的倩影，充满神往。桃花的往事多多，其中就有我恋爱的瞬间、友谊的片段、亲情的定格。是的，我与妻子相识的那年，山里桃花无疑曾在我们周围旋舞成绮丽的飓风，妻子的娇笑永远如花瓣儿，荡漾在记忆的潭水上，随着我的心跳波动如初。而朋友们举杯豪饮之时，桃树轻颤，天地传导着和谐一致的脉搏，让人流连。尤其当我领着母亲行走在山路的崎岖上时，看到母亲疲倦而快活，衰老而年轻，虚弱而美丽的一刻，我为之感动！是桃花如一剂药液，瞬间治愈母亲的沉疴。

年年桃花有约，年年我如约而至。桃花是人生的幸福指数！

桃花覆盖在神州大地，国土泛起粉色。每个家庭周围，桃花的精灵在恣意飞翔。这个和平而富庶的时代，正用桃花来尽显妩媚。三月，各种牌照的小车从国道入省道，从省道进乡道，然后在山脚下纷至沓来。车门打开，各色人物踏入滋养过桃花的滚滚红尘，相机闪动银光，美女搔首弄姿，山岭人满为患，大号小号的脚掌如脂粉抹遍丘陵的每一寸肌肤。游春的人忙着开心，忙着享受，忙着流汗,忙着疲累,甚至忙着花粉过敏。

把这些都忙过,谁还会忙着干另一件重要的事情,即忙着发呆,忙着沉思默想?找一块红砂岩孤独站定,为这拥挤的花和拥挤的人而思绪纷飞。那些渐渐融化在暖洋洋的阳光里的桃花,不能勾起你对神话的回忆吗?对,想到夸父!正是他在追上太阳的那一刻,抛出手杖,用生命成就而今缤纷的桃林。

无风,寂静。然而分明有一个高大如山的身影在轰然倒下,满世界尘土飞扬,尘土过后,桃花婉约地四处开放……

的确是一些生命换来的,桃花!

桃花之艳丽,只因那些生命之珍贵!

五千年历史在眼前快速播放,桃花所代表的繁荣的亮色,在播放中时淡时浓,由淡而浓。

我离奇的桃花梦,梦中至死呵护桃花的年轻士卒,为桃花而战的小游击队员……其实是我对昌盛国运的感恩,对美丽人生的捍卫!

生命一如桃花!

# 峨眉山上话起落

爬行在峨眉山上,我一如蚂蚁,所有作为人的骄傲全部散入云雾,心中只剩下对生命的感叹与追问。

不管是震旦纪的汪洋,还是奥陶纪的孤岛,还是二叠纪、三叠纪的沉沦,还是白垩纪的崛起,那都是以亿万来纪年的。峨眉山升升沉沉,起起落落,那得由地质学家们去考证,去探求了。

我来，只是因为我渺小，而你伟大。

我来，只是因为我要用渺小来膜拜你的伟大。

如果在峨眉山的脊背上爬行，却在用心计算着租大衣御寒的费用，或者想旅行团的车在哪个位置等我，或者努力调试照相机的光圈，或者迷醉于与女同伴说两句笑话，或者……我会觉得峨眉山的峭壁上现出一张时间的面孔，而这张面孔正蹙眉瞪我，就如一堂静悄悄的生命课，老师严肃地瞪一个开了小差的学生一般。

我的心如此虔诚，面对自然本身，面对时间本身，面对宇宙本身。

以上就是我在峨眉山上的心路。

我们到达金顶。大雾将铜殿全部笼罩，我们看不到佛光万道，也看不到红日东升。这不能不说是一种遗憾！我们每一颗世俗的心都这样想：运气好的话，日出就会展现在眼前，就跟抽到上上签一个感觉，那是一生道不完的荣耀。然而这点小念想实在太可笑了。佛是不会轻易答允的。

站在雾里，我仰望白茫茫的天空。我不知道为什么站到3077米的高度，人仍然要向上仰望，只觉得上面还会有我想要的东西。但是雾把所有东西都恰到好处地隐没了，始终让人的智慧无法预期。我身边有人在叹息，说运气不好，日出没有看到。但我心里在笑，其实，人到达金顶这个位置，已经得到了足够多的东西了。何必多求？

日出固然美丽，但这份美丽酷似分娩的悲壮，因此我总是以一种疼痛的心态观赏。你看，一片血红哗地溅向世界，溅到大山上，溅到大海里，溅到观众的脸上，溅到眼中和相机的镜头之内，太阳的头一点一点露出，白云之手如值班的医生直往外拽着，地平线如同产妇一样呻吟不休……这是多么凝重而多么神圣！

轻飘飘看日出的人们，无法理解心中正在流泪的人的感受。

经过分娩的阵痛之后，太阳来到这个世界上，它一点点向上升腾，一点点达到新的高度。这份生命的力量，和生命在蓬勃壮大时散发的炫目光热，让人心潮翻涌。

轻飘飘看日出的人们，只知其一不知其二，只知日出之美，不知日出之痛，更不知日出之所以美!

只有经历过挫折的人,才能在日出的壮美中找到构成美的要素。我似乎听到太阳呼哧呼哧地喘息,掷地有声地喊叫:

嘿,向上! 向上! 嘿,发光! 发光!

正是基于这种理解,我要到峨眉山的金顶上看日出,而一旦看不到日出,我也并不失落,因为日出早已被我理解,日出就在我的胸腔里了。

随队下山,我在车里疲惫地小睡一会儿,醒来时车已到了山脚。

这时,我有些晕车,突然发现自己耳朵出了问题,听力大减。明明是身边的人对我说话,我却觉得他远在几十米外。我慌了神,赶忙揉耳,但并没有好起来。相反,又感觉头痛欲裂。

我的情绪陡然降到零点。心想好不容易出来一场,却把身体弄成这样,真是得不偿失。后来大家一起吃饭,我明明就跟他们同桌,却总觉得自己远在另一个世界。你能想象,当别人津津有味用餐之时,我是多么沮丧。

好在同行的游兄见多识广,一语道破:这是高原反应,过一会儿就好了。"高原反应"这个词早在小学就出现在课本里了,我不是不知道,但由于是第一次真实体验,竟真的想不到它上面去。看来学以致用,不用是不能强化所学的知识的。

果然,一个小时后,我的听力恢复如常。

这样,峨眉山就给了我一个教诲:当我专心思考太阳的喷薄上升时,却忘记防范自身的悄然下落。峨眉山有它的大起落,而我也有我的小起落。生命自有起落。

不要只会在升腾时得意忘形,而在下跌时不知所措。

一起一落,耐人回味。

第四辑 / **船行长江**

#  船 行 长 江

谁唱起《三国演义》主题曲？滚滚长江东逝水，浪花淘尽英雄，是非成败转头空。青山依旧在，几度夕阳红。……

谁在甲板上起舞？尽管身着现代人的衣服，却怎么看怎么像貂蝉和小乔。

谁在吟诵东坡词？乱石穿空，惊涛拍岸，卷起千堆雪。江山如画，一时多少豪杰。……

几十人聚在船头上，目光随黄黄的长江水奔涌。这是夏季，水位很高，虽没有郦道元《三峡》所写的"乘奔御风"情态，但的确给人以饱胀充实之感。长江是中国的一条动脉，动脉就当这样饱胀充实，才能滋养一个泱泱大国的辽阔疆土啊！

江风吹送，我注意到每个人的头发都纷纷飞动，恰如畅快的内心。

连我们这些凡夫俗子一到江中都如此情不自禁，难怪诗人们能写出那么多歌咏长江的豪壮诗词！整个长江里流淌着的，正是中华民族永不枯竭的创造力呀！长江，你每向前流淌一寸，就当有一畦芳草抽出嫩芽，你每向前流淌一米，就当有一片森林展直脊背，你每向前流淌一里，就当有千万生灵的血液欢腾歌唱……

我们是教师团队，平时循规蹈矩，为人师表，总喜欢以文雅和知性示人。但是，我们现在是站在长江这条母亲河的中流，我们的母亲长江用她的脉搏敲击着船底，暗示我们将心中一直节制着的欢乐释放出来。在江风徐徐地吹拂之下，在阳光温情的浸染之下，我们再不能像其他游客那样无动于衷，而是心痒痒的，开始有了倾诉的欲望。

于是，音乐老师开始唱了。

于是，语文老师开始朗诵了。

于是，体育老师开始跳跃了。

于是，所有老师开始舞蹈，开始不自觉地去拉另一个人的手，于是甲板中间，形成一个欢乐的旋涡，这个旋涡越变越大，也带动了我们团队之外的其他游客。

其他游客先是惊讶，以为我们是一群"疯子"，随即他们被"疯"传染，也"疯"了，一船的人都笑着，唱着，歌声像潮水，在长江的水位之上又陡然增加了水位。

不是疯了，是乐了！

疯可以传染，乐更可以！

我深以自己是教师为荣，又深以自己是个有创造力的教师为更大之荣。

在长江的夏季，在连续几天阴雨之后的一个难得的晴天里，在一条满载游客的游轮上，我们为第一次见到长江而歌，为长江第一次接待我们而歌！

那天，我们都脱下鞋子，光着脚丫在甲板上晒太阳。每双脚丫都那样洁净，那样自然，再没有平时蜷缩在鞋里的那份害羞，脚丫与脚丫在相互谈心，相互追逐，相互打闹，然后又集体合影留念。

这，真是妙趣横生！

人的聚会，顷刻间成了脚丫的聚会。

其他游客加入我们的创意，说明我们集体创作的正是快乐本身。

这是长江给予我们的快乐！

我们不远千里投奔长江，也正是投奔这份极致的快乐！

啊，长江，你永远激发着我们的灵感，激荡着我们的思绪！

# 寻找一块千古流芳的石头

我够细心了，但是我找了很久，那块石头也没有现身。

不是没有现身，而是没有映入我的视网膜。

长江的游轮上，所有人都出来了，站在船尾，据导游说这更便于欣赏三峡风光。导游的声音并不好听，但从她那谙熟于胸的解说词来看，她算是"老江湖"了，她用"小蜜蜂"对人们说道：大家注意啦，巫山十二峰中最著名的一峰马上就要到了！大家要竖起眼睛才能看到！

于是我们都竖起眼睛看，可是，我们还是没有找到那块足以让整个巫山都以它来提升名气的石头。导游笑了笑，然后描述说，不要看最高的山峰，而是看最高山峰侧边，那块石头虽然有6.4米，但展现在大家眼中的也许就是一粒黑米而已。

这下我们才终于找到那粒黑米，或者说，那块石头——神女峰上的神女。

高6.4米的石头！

6.4米，对一栋楼来说简直微不足道，对一棵树也实在过于低矮，对于一个名人的雕像，这也不足为奇。

然而在长江巫峡里，这6.4米的高度，却是指一座大山上最关键的一段，最宝贵的一段，含金量最高的一段。

巫山云雨本就是非凡之物，在它的浸润里，神女峰那块充满灵气的石头更是缥缈曼妙，具有天界的气质。

后来我千方百计从网上搜索图片，几经核实，才看清了神女的本来面目：她体态修长，轮廓清晰，头与身比例适当，宛如一女子着青衫向人盈盈一揖。看着看着，仿佛她就要活过来，从电脑荧屏上飘然而下，甚至因她的到来，也在房间里升腾起洁白的云雾……

因为有这块石头，世间多了一个美丽的传说，这个传说我不想赘述，就让美丽的神女峰传说在人间继续美丽吧。我只是很想弄明白，这块如此不起眼的石头，它怎么就被人们赋予了如此美丽的故事，从此传诵千年万载的呢？

在许多年前，肯定有一双眼睛在尽情欣赏长江美景之余，突然发现了这黑米大小的石头，然后越发觉得它的不同凡响，于是调动起他的想象，为石头注入了灵性。

这个人难道是个诗人？

想到这里我不觉摇了摇头，感觉自己的想象不过如此，比之那个第一次发现神女石的人差得太远。难道非得是个诗人才有点石成金的能力？我更相信他就是一个来去于长江上下的商人，或者干脆就是在江上驾船谋生的船夫。

不管是诗人，商人，还是船夫，总之，这个人有一天一抬头，就在万山之中，发现了这块颀长的石头。这是石头进入人眼的第一次，石头与仙人的身姿猛地重合了。这个人兴奋地大叫，引得其他的人纷纷抬头，于是神女终于袅袅婷婷地站在过往客商的眼里了。

万山丛中，一块仅高6.4米的石头脱颖而出。

一个比石头更美丽的故事飞出巫峡。

神女峰名震于世。

所有的眼睛以能看到它而倍感荣幸。

啊，不管这第一个发现石头的人是谁，我都五体投地佩服他。因为他让这块深藏在长江峡谷中亿万年没见天日的石头红极天下！

我佩服他，其实是佩服人的想象力，佩服人类发现美的眼睛。说白了，是人点化了自然，使一切死气沉沉的东西开始有了生命。那块千古流芳的石头首先是因为极具人形，才打动了世人。神女峰上的神女，因为像人，又因为受到人的目光雕刻，才如雕塑一般闪动着人性的不朽光辉。

让我们继续寻找，世界上，还有多少石头会这样千古流芳啊！

# 像张家界那样等你

一下火车，走出车站，就在宣传画上看到：张家界前边，有"烟雨"二字。

烟雨张家界！

不久又从导游口里得知，张家界一年有大半时间被烟雨笼罩着。看到宣传画，听了导游说，这些都没有左右我们旅游的心情。因为按捺不住那份憧憬，我们早就在网上浏览了不少图片，那些山就像母亲的菜园里长出的小葱，秀顺，苍翠，也像我们小时候在教室里比赛着竖起的铅笔丛，看似摇摇欲坠，实则坚不可摧。这对我，与其说是旅游，不如说是去接近童年，亲近母亲。

可是，真上了张家界的山，天！怎么是这样？

雨一直下，越到山顶，雨下得越起劲。这真是一场折磨。我们全都带了伞又穿上雨衣，双重保护。这样，我们看到的张家界一直是湿漉漉的，而张家界看到的我们也一直是古里古怪的。天空灰蒙蒙，一无所有。突然有人叫道："快看，那边的山露出来了！"我们立即冲到观景台边，只见几根玉笔一般的山峰越变越清晰。我连忙掏出手机，正要拍摄，山又渐渐淡去。这样，在我的手机里有一段半分钟的视频，后来我播给女儿看，她说："你到张家界，是去拍白茫茫的雾呀！"

女儿的话让我心里一震。我千里迢迢去张家界，真是去拍一场迷雾的？

同行的刘哥子是个摄影爱好者，腰间老挂着他的宝贝相机。可是，在张家界的那场弥天大雨里，他根本不敢轻易掏出宝贝，于是一路上，只听他恨恨地念叨说，张家界，不近人情的张家界！

他可是做足了准备，带了几张存储卡来的，可是张家界的山们不愿入住他的空间。

每个观景台都无景可观,可观的仅仅是那苍白的迷雾而已。

终于认识了张家界。张家界以其不轻易展示的美丽诱惑你,当你千辛万苦来到它的跟前,拜倒在它的石榴裙下时,它又一转身躲入深闺,你只听到它甩下的话:"等下次吧。"就这么简单!它决不管你有多无奈,有多委屈,回去的路途有多凄楚,有多幽怨。

"等下次吧。"这话被张家界轻描淡写一说,你就得认命,就得接受。虽然心里想,还有下次吗?没有下次,这就将成为永远的遗憾;有下次,那也是补考的感觉了。不管怎么说,一次的缺失,将是永远的缺失。谁又不希望一件事能一次做得圆满呢?

我不知道,站在我面前的张家界,是个羞答答的张家界,还是个极任性的张家界。

烟雨。冰冷。落寞。

张家界给了我们一碗闭门羹,我们的行程安排很紧张,所以只好涩涩地将它饮下。

在归路上,有人聊起其他景区:"我去了不少地方,运气不错,天气状况都是最佳的,而在张家界遇雨,这还是头一回呢。真扫兴来哉!"

不知为什么,听了这位仁兄的一番话,我积压心头的惆怅反而立即消散。平时我是个足不出户的人,"行万里路"的古训最近刚刚对我产生影响,因此对旅游刚刚有点热度。偏偏刚有热度就遭张家界泼了一盆冷水,正在耿耿于怀。听这位仁兄一席话后,我才明白,原来好运气不是永远属于一个人的,同理,坏运气也不是永远不挪窝的,我一来就撞上坏运气,也许今后会有更多的好运气等着呢。

那么,张家界,我要很绅士地同你道个别啦!

因为,在世界各地,还有很多景点,它们美得让你热血沸腾,但是它们也许都这样任性。

也许,它们也在像张家界那样等着你!

#  青城后山看见的枯枝

　　我的眼界并不开阔，所以当别人的镜头对准宏大事物时，我却在一些小花小草，小石头小建筑前流连忘返。

　　青城后山是我难忘的地方，晚上那场麻将手气不错，小赢了点儿，算是一喜，我们这次由十几个人组团，比过去游得更加尽兴，这也是快活的原因。每个人每天都似乎处于兴奋状态，不停地吃（因为女士们总能无微不至递上零食，供大家分享），不停地说，不停地笑，不停地寻找事端，不停地招惹这个那个。说实话，一个人的口才，竟然会是在山路上充分发挥，表现得淋漓尽致，这真奇怪，值得心理学家们好好研究一番。

　　进青城后山必先进泰安古镇，头天晚上我们就先游了这个地方。验了票后，要经过一条长长的小路，沿溪行，黑咕隆咚的，我们男士一方面自觉让女士们走在中间，挑起保护重担，可另一方面又总是扮演土匪，突然制造些恐怖出来，吓得她们惊叫。似乎人们一下子回到童年去了，回到那个喜欢躲在草垛后边拦截别人，然后以听一声惊叫过瘾的纯真时代。

　　突然间十分喜欢旅游，真的！

　　刘哥子的钢炮（不错的相机）总是去轰炸山岩和潭水，袁老表的浑厚歌声总是一路洒满山涧，凤妹妹的妩媚身姿总是在雅致的地方频频闪现……

　　其实青城后山的风景也就是山景而已，看多了山的人，会觉得与别处区别不大。不外乎是涧水长流，山岩峭立，不外乎是树木常青，山谷幽邃，不外乎是拾级而上，不外乎是走得气喘吁吁满脸酡红，不外乎是脚力好的等着脚力差的，不外乎是走得轻松的嘲笑累得半死不活的……

　　但是，我在一些枯枝面前沉静下来。

我先是看到一根两米长碗口粗的竹子,已经发霉泛黑,由于上端往下渗水,它有半边快要朽掉了。我震撼于它的面前,因为发现它是竖立在一块巨大的山岩下的。山岩有房子大小,突出山体,从上面罩着山径。难道它就要塌下来,所以非得用一根竹子来支撑吗?我感受到了山岩的威压,却看不出竹子的神奇力量。

这是谁这么做的?他是聪明,还是愚蠢?

一定有个人在过去的某个日子,将这根碗口粗的竹子砍伐,然后锯断,然后竖立在这块巨大得似乎快要掉下的山岩下边,一定。

可是,这个人为什么这么做?这是杞人忧天,还是白日做梦?

我不能理解,因为这样大的山岩,当它决定要掉下来时,那根竹子只会脆弱得连痛都叫不出来就碎成残渣。它真的朽得不成样子,连一点脆性都没有了。

我过去曾看到过一路的香火,一路的纸灰,我于是用宗教的思维去理解,我似乎看到竖竹子的那个人,满心的虔诚,双手合十,在向上苍祈求着什么。祈求着什么呢?

后来,又见到更多的枯枝。有竹枝,有树枝,有长有短,有的单独支撑着一块山岩,有的则几十条成排挺立。在这些枯枝中,有的竟然只有巴掌来长,指头来细。我只能认为这是一个家庭的行动,爷爷奶奶,爸爸妈妈,甚至还有外公外婆,在大人的带领下,小孩子那颗童贞的心觉得好玩,所以找来最短的枝条,也准备支撑起一块大得出奇的山岩。

哦,天哪!好多枝条就这样挺立在巨大的岩石下边。挺立,并渐渐枯干。

虽然枯干,却还在挺立!

这难道是本地山民的习惯,他们经受过大地震时塌方的惊恐,心有余悸,在面对这些危险的岩石时,他们希望用枝条来寄托愿望,而这些枝条也带给他们心理上的安慰?

或者这是所有经受过磨难的人的心态,他们希望在巨大的生活压力面前,能家人平安,能一直顺溜,所以即使自己的力量微乎其微,却还是愿意将这份力量加在巨大的压力之下?

哪怕这是杞人忧天，哪怕这是白日做梦，他们也乐此不疲！

而且这样的虔诚，又带给路人们以深思，以安慰，以启发。

是的，我受到了启发，我也悄悄在一块山岩下边，用一根草的细茎，支撑起来。

青城后山，从此融入了我的力量，我的愿望，我的念想。

不能不为那些枯枝的存在而动容，而停下脚步，而思绪纷飞……

# 赤水，怎一个润字了得

赤水以其清润迷惑了我。如果说青城天下幽，峨眉天下秀，我想再接续一句：赤水天下润！

赤水，怎一个润字了得！

当然，由于我的孤陋浅薄，这话可能大有漏洞，但从我走过的微少几个景点看来，这是贴切的。

赤水曾经弥漫的岁月硝烟和硝烟里的惨烈战事，那只是出游的理由之一。真正的理由还有一个，就是：那些苍翠的竹海，那些喧哗的瀑布，那些落满雨滴的山径，那些浸透水雾的丹岩……它们都在静静地等着你！

我们为期五天的赤水峨眉游，有三天都安排在赤水。旅游车上，说笑声中，我听到不知是谁哼起的《四渡赤水出奇兵》：横断山，路难行，天如火，水似银……我也听到导游小姐声情并茂的历史讲述。对那场举世闻名的战争我佩服得五体投地。不过，真正到了赤水，除参观了一座四渡赤水纪念碑和吃到一道颇有特色的红军菜而外，我却几乎没有感到多少关于这段历史的氛围，更多的感受来自那里天造地设的纯净的自然风光。

我可不可以这样说：赤水因那段历史而著名，而赤水的山川却多多少少因那段历史而被埋名!

到赤水,进山林,我是贪婪的,那里的空气值得你深吸再深吸,那里的清秀值得你饱览再饱览!

空气质量是第一时间感受到的。清凉,湿润。这是城居者丢失多年的感觉。挺秀的竹竿,青绿的密叶,莽莽苍苍的天然氧吧,取之不尽的健康元素。视觉上的养眼,呼吸上的畅快,一时间让你惊喜不已。山路时陡时缓,时疾时徐,多有山民来去,他们中有些人年逾花甲却异常硬朗,还背着满篓的山货向游客兜售。我想,其中的主要原因大概归功于他们"生而逢地"。时而闪现的桫椤树(一种与恐龙同时代的古老树种),默默告诉着你三亿年不变的健康真谛。

竹是赤水的外延,水是赤水的内涵。

苏东坡说:"可使食无肉,不可居无竹。无肉令人瘦,无竹令人俗。"竹之清高雅致由此可见一斑,赤水的虚怀若谷也由此可见一斑。赤水只是一个山里生山里长的清秀女孩,她在人的面前还有点儿不好意思,也许同你一说话就有些脸红,但是她文静而又动人,正是窈窕之淑女,君子之好逑。在竹里穿行,你会觉得像体验一个山里女子的心路历程那样喜悦美妙。浓密处是她竭力掩饰的秘密所在,稀疏处是她欲说还休的真情表露。未见其形先闻其声的瀑布喧响,那是女孩于无人处的自言自语,而飘飘忽忽的淡云薄雾,是女孩千变万化的喜怒哀乐。

啊,贵州原来是女性的!

我没有数过三天里究竟看过多少瀑布,只知道每天都在瀑布溅起的飞沫中洗涤自己。我的相机内存很小,我计划了又计划,取舍了又取舍,甚至每次出发前就对自己说,你今天只能拍摄五十张。但是,我总是食言,总是违约。我不想放过每一个瀑布,即使它弱小得只有一尺来高的落差,即使它苗条得只有一根筷子的腰身。有些瀑布被浓密的竹林深藏起来,光线昏暗,照出来根本无法辨认,但我还是不忍删除。我像对待一个人那样对待这些无名无姓的小字辈瀑布,或者像对待我的学生。我倾着身子去听它们细微的流水声,像听一个胆子很小的学生发言。

我认定,瀑布是有灵性的!

十丈洞瀑布的名气很大，仅次于黄果树瀑布。它只比黄果树瀑布窄那么一米，却高了六米。看来这世界经常闹些天大的笑话：你高吧，人家现在论宽；你漂亮吧，人家现在论胖瘦；你有文采吧，人家现在论武功……你就屈居第二吧。而这个世界往往只认得第一，第二跟"默默无闻"有什么区别呢！黄果树瀑布的大名早在读初中时就如雷贯耳了，而十丈洞瀑布，今天方知，不是如雷贯耳，是惺惺相惜！起初我们拒不购买两块钱的一次性雨衣，哪知还未见到瀑布，早被那腾起的水雾打湿了衣衫。于是赶忙主动去找山民，一边听他们得胜似的数落，一边心甘情愿掏出钱来。峡谷内白汽蒸腾，如同一锅笼屉。相机镜头擦了又擦，可怎么也擦不掉那片迷蒙。这是只能用眼和心去现场感受的壮美！这是想带也带不走的一种震慑！这也是幽曲中的一种抗议和傲世！

　　燕子岩瀑布着实让我这个有恐高症的人害怕了一回。从瀑布脚下向上仰望，两股水流如燕尾剪下。半山腰一道窄窄的山径，像裙带束在悬崖上，上面点缀着两三个倚栏伫立的游人，又恰似裙带的佩饰。山顶上更有一名女子撑伞远眺，像在展示她妩媚的身姿，也像在显示她巾帼不让须眉的胆气。这情形，让我想起一句好像不沾边的话来：英雄行险道，富贵似花枝。那时雨正大，山路很滑，我仅仅这么一望，就脚底生寒。乖乖！冲这么个勇敢的身影，我得毅然行行险道！我的男子汉气概被调动起来。好不容易到了山顶，却在本该"一览众山小"的时候，我放弃了机会，只在远离悬崖的地方探头探脑一番，尽管如此，但我知道，燕子岩的流水无疑在我的性格中注入了一番内省！

　　四洞沟瀑布最值得一提的是二洞——水帘洞。它给了你一个别致的视角：由内而外去观赏瀑布。我们去的时候正值丰水期，水帘盛大而又厚重。这可不是悬挂在宋词里那种低垂的帘幕，可供卷帘人轻轻绾起，缓缓放下，不发出一丁点声响，如同叹息。这是由上千个银匠共同打造的巨幅银帘，它掷地有声，即使要排开这层帘幕，也得由力大无穷的将军才行。由水帘洞想到美猴王孙悟空，那是低级联想，水帘洞不容许你只作这样的联想。我久久地待在瀑布后边，像待在世界的内心深处，或者说就待在神的心中。在一片轰轰烈烈的落水声中，我的心是静音的。一层悬挂的水帘，将过去和现在隔开，将世俗和心灵隔开，将我与他人隔开。我的心像山石一样被冲刷，被洗涤，被净化。当走出这层水帘，我仿佛觉得，神的脸在瀑布上显现，在向我微笑不语……

绿竹是赤水的外延，瀑布是赤水的内涵。

赤水，怎一个润字了得！

牢记王国维"一切景语，皆情语也"的教导，我在赤水，就是在一场全新的情景中。旅游的实质恰恰就是心灵的体验，没有心灵的参与，旅游将丧失它的真义。质朴的赤水，毫不矫情的赤水，土生土长的赤水，水灵灵的赤水，你不只留在我的相机中……

# 为欢乐蓄势

整整一年，我们等来了除夕。

整整一年，就等这么一夜，我们觉得值！

整整一年，所有的色彩都沉淀在地面，所有的声音都埋藏在地下。是这个欢乐的节日将色彩搅上天空的，是这个欢乐的节日将声音放向世界的。整整一年，我们忘不了这个日子。谁能够不像指南针一样，用不变的方向去朝拜那神圣的心之乐土？我们的基因里，有一种力量要你永远指南。但是我们又强迫自己不去想这个日子，因为我们害怕这个日子会像糖块一样，被嘴馋的我们一点点抿化。

生命的实质就是欢乐，即使欢乐如同沙中的金子那样微少。

那么，痛苦的铺垫，不外乎是在：为欢乐蓄势！

为欢乐蓄势！啤酒瓶沉静得像一颗颗榴弹，里面的泡沫与野外的篝火有着相似的温度，区别仅仅是：没有爆发与已经爆发。别喷出来！让甜丝丝的感觉和凉丝丝的感觉不要早到。

排练的结果，就是在一秒钟内庆祝；紧张的结果，就是在一秒钟内轻松；等待的结果，就是在一秒钟内宣泄；忍耐的结果，就是在一秒钟内排解。为了这一秒钟，我们攒足了劲，带上了电。这一秒钟，我们用无数的时间来换取，这一秒钟与秤上的砣又有何异？它像一座高塔最顶端的那一抹金字招牌。它微小，但是不能不有，不能不亮，不能不重，不能不让我们仰望，不能不让我们炫目，不能不让我们去攀求。为了这一点点的意义、实质、灵魂，我们不能不去痛，去累，去流汗甚至流血，不能不去冥思苦想，辗转反侧，千般憔悴，万般折磨。

这一切，正是在为欢乐蓄势！

这一切，也正是就在欢乐！

居里夫人的手上，仅仅捧了一克镭，但是，她捧着世界上最为纯净的欢乐！

爱迪生只找到一种材料来做灯丝，但是，这盏灯照亮了无边的黑暗！

假若请居里夫人谈谈人生观，她也许会说：她的人生仅仅有一克重！

假若请爱迪生也衡量一下他的生命，他也许会宣称：他的生命长不过一寸！

有时候，欢乐对于整个人生来说，就是一首小诗，一支短歌，一张尺画，但是提升整个人生的也许正是这首小诗，这支短歌，这张尺画。给生命画龙点睛的是你找到的欢乐！

平常我们也欢乐，但是我们之所以这时候欢乐，只是因为我们总有一天会欢乐。也就是说，我们因为在等待一场欢乐，所以我们时时刻刻都欢乐！

在苦难中感受到的，是欢乐的影子。影子也有一定疗效的，像一味神奇的药一样。

然而影子终归是影子，海市蜃楼终归是海市蜃楼，我们要的是影子的真身——真正意义的欢乐。真正意义的欢乐其实就是身心的愉悦，轻松。但是简单的诠释并不意味着容易的追求过程。人生在世，却找不到一点儿属于自己的真正的欢乐，那就是一种辜负，那就是一种浪费，那就是一种遗憾。

唉，我可以在无数个日日夜夜去感受影子的妩媚，但是，我决不会允许自己一生中，竟没有触摸过一次影子的真实。

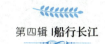

所以,一切都在蓄势,蓄势为了一切!

我可以将啤酒瓶中的力量安抚住,让它像盘古一般再待上一亿个年头,我可以让我的梦再坚固一些,以便在无数次的跌打损伤之后,没有破碎的意思。

我可以在流汗的时候,请烈日出一些最为焦头烂额的考题,而我绝对不会只是满足于六十分万岁!我可以在疲惫的时候,用最真切的泪水来映射月亮的光辉,以感受梦境的些许温存!我可以在遥遥无期的等待中,将一枚枚的心跳,轻轻地投入小小的存钱罐——我那闪亮的心!

我知道:我正在为我的欢乐蓄势!蓄势!蓄势!

 # 我默默地注视着世界上的锈

我默默地注视着世界上的锈。

车轮上的,栏杆上的,窗户插销上的,我腰间那一串钥匙上的……

我知道有些人家里甚至容忍过刀上的锈和锅里的锈,他们不在乎这些红色的粉末像盐或者味精一样,被搅进菜里,吃进肚里。

但是,我无法容忍!

我总是在为锈叹息。当身边每一丛竹林都失去儿时所见的苍翠,我站在竹林边上,为这些不再动人的景致而伤感。连三岁小孩都知道,这是环境污染造成的。面对此情此景我有理由说,世界正在生锈!

我脑里无法抹去那些没有生过锈的风景。我的审美意识正是在纯真的儿时,由那些各种各样的美好事物和美好画面熏陶起来的。

从锈,我又想到铁。从我们开始利用铁的时刻起,我们必须面对锈。

铁给了我们锋利,但是铁也任性地给了我们锋利过后的迟钝,铁给了我们锃亮,但也给了我们黯淡,铁给了我们坚固,一样地给了我们腐朽。

可是，这不是为锈开脱的理由。锈就是锈！锈会让人苦恼，会让人难以忍受，会让人生起无名怒火。

风景在衰败，花在枯萎，叶在卷边，月亮在消瘦，水在翻起杂质，天空升起云雾；

人面在衰老，口角在产生，爱在退潮，泪水在风干，影子在淡化，距离在增大，童真在变得世故；

写字台在蒙尘，规章制度在淡忘，眼睛在习以为常，牢骚在点火，日志在潦草收尾，事情在不了了之……

锈的各种变式，锈的庞大家族，层次不一影响力不等的锈，就存在于这个世界上。在我们的鼻息边，在我们指尖，在我们脚趾前一厘米远的地方，在我们电视机背后的一颗螺丝上……

我最恐惧的锈是久埋在淤泥中铁钉上的，听老师说，那上面寄生着一种破伤风病原体，脚一旦踩上，不仅鲜血横流，疼痛难忍，还极有可能感染细菌，一命呜呼。但是，世界上又有多少锈迹斑斑的法规，在一时的心血来潮之后，过时却不过世，冷冷地挂在墙上，使多少人蒙着这层锈无奈地活着，活着，直至死去？世界上又有多少人置别人冷暖于不顾，将法令玩弄于股掌之间，执行的过程如生锈的机器，运行得慢而又慢，让多少人因等不到那缕本该吹到的春风而死在隆冬之中呢？

拖欠的拖欠着，延误的延误着，推诿的推诿着。

无望的无望着！

一层多么厚多么透明的锈！厚得让人窒息，透明得让人无可奈何。

生锈的思想让我们恨得咬牙切齿！

我们知道，凡是锈都要定时清洗，正如每天定时洗脸，定时刮胡子一样。

我们知道，对待锈，季节用的是冰和雪，医生用的是手术刀，清洁工用的是扫帚，警察用的是枪，老百姓用的是诅咒！我们看到，在冰雪过后蚊虫少了，手术过后，癌细胞少了，扫帚过后，垃圾少了，诅咒过后，贪官少了！

我默默地注视着世界上的锈。

# 喜见《汉宫春·梅》

　　我虽是个书迷，但也舍不得在购书上花费太多，有时中意某本书，回头一见，老婆微笑的脸上有某根神经突然牵扯得一跳，于是讪讪地放下书，恋恋地跟她离开书摊。但两块钱一本的那种书，老婆不会太在意，所以我的书橱里，书的来源就两种：一是各编辑部寄来的样刊，二就是从书摊上淘来的廉价书。有天略一估算，竟然也有好几百本了！

　　《宋词三百首》正是后一种来历。

　　翻开《宋词三百首》，一首一首读下去，茶水素淡，阳光沉静。有些词我早读过，甚至铭记在心，而有些词则蓦然展现在眼前，如雷贯耳！就在这样的心境下，我读到了李邴的词《汉宫春·梅》，真是喜不自胜。

　　"潇洒江梅，向竹梢疏处，横两三枝。东君也不爱惜，雪压霜欺。无情燕子，怕春寒，轻失花期。却是有，年年塞雁，归来曾见开时。清浅小溪如练，问玉堂何似，茅舍疏篱？伤心故人去后，冷落新诗。微云淡月，对江天，分付他谁？空自忆，清香未减，风流不在人知。"

　　之所以说喜不自胜，是因为我从未看过这首词，这天是第一次。过去我迷恋于陆游的《卜算子·梅》，姜夔的《疏影》和《暗香》，卢梅坡的《雪梅》，现在又见这首《汉宫春·梅》，那种崇敬之情，那种如遇知己般的畅快就再一次溢满胸中。他们都是宋朝人，宋朝的梅开得真是香远益清！

　　陆游的梅在断桥边寂寞，花瓣在泥泞里玉碎，却也成全了梅的风骨。姜夔的梅则在幽怨的笛声里瓣瓣飘飞，拂过玉人的脸庞和诗人的酒杯，最终化为装饰在窗上的剪纸横幅。卢梅坡的梅在雪的对比下，更显妖娆与妩媚。我总觉得，陆游的梅是残缺之美，姜夔的梅是梦幻之美，卢梅坡的梅有香艳之美，只有李邴的梅是素淡之美。素得就是生活，无喜无悲，不痛楚，也不虚幻，也不艳丽，正是那种素面朝天的梅！

曾经有一天，一个朋友打来电话，问我愿不愿意更换一下工作环境。他说他觉得我更适合干文字工作，还有就是教师也太清苦了。接过电话，我心里一下子不平静了。是的，我的确一刻也没有停止过业余时间的写作，白天面对学生，面对作业本，夜晚面对电脑。自己美其名曰是"用教书工作，用写作休息"。教师的苦与累已经品味了二十多年，那种清苦，是他人难以理解的。

于是我犹豫了一天，那一天里，我走路在想这个问题，上课时也在想，一边看着学生，一边暗问自己："离开他们？从此再不上这讲台？"我在心里摇了摇头。我知道，自己不愿意。正因为已经品味了二十年，我更对教师的工作有了一份依恋。

我拿起电话，对朋友说："我后悔了，请原谅！"朋友不快，但我轻松了。

我心里默诵着《汉宫春·梅》，其中最后一句让我很动情："清香未减，风流不在人知。"

## 花枯萎后依然是花

这个女生高挑的个子，面容也很清秀，只是毛病实在太多了。

她是"踩铃女生"。每天到校，只要一听早自习铃声，同学们都会叫一声："邵蕾驾到！"果不其然，她的脚步匆匆响起，身影也闪进门来。不过这样的有趣场面也不是回回都灵验，不少时候她就要迟到一两分钟。说了多次，可就是克服不了。

然后就是上课恍恍惚惚，我因为见她多次在上课睡觉动了气，处罚她的手段也用得差不多了，可还是不奏效。有时候，她走路的样子也跟梦游似的，所以同学们又给她取了个绰号"梦中人"。

尤其不能让人忍受的是，她的字迹十分糟糕，这与一个如此清秀的女生实在不相符合，有段时间，我让她练了一个月字，结果是白费劲。

进入初三了，班里一下子清静多了，过去爱玩爱闹的人开始埋头苦干，看来都懂事多了，有紧迫感了。

邵蕾的变化是最大的。

这个恍恍惚惚的女生，好像一下子从梦中惊醒了，突然特别努力起来。再不是踩铃而来的人，再不在课堂上睡大觉，作业也写得很整洁。我发现，她就跟变了个人似的。

而且，还有个变化很让我感动。以前她几乎不举手，恰恰这个班的学生是全校最活跃的，所以她显得那样特别。她似乎很害羞，很没有自信，我有意叫她起来答问，声音也小得可怜。可是，进了初三，别的学生举手少了，有时候我连着启发几次，也不见有人举手，偏偏在这时，邵蕾的手举得高高。

"邵蕾，好样的！你来读课文吧！"我鼓励她。她站起来，第一句声音很大，可后来就逐渐变小，显然她很紧张，在大家安静听她时有些不自信，但起码她站起来了，这点让我十分惊讶。

有一个星期，她一个人举手答问的次数超过了全班其他所有的人。

我心里说不出的欢喜，就为这个女生——邵蕾。

一天，课代表把周记本抱进办公室。我慢慢批改起来。

一篇作文让我瞪大了眼睛。作文写的是家事，大意是这样的：爸爸妈妈终于结束了为期一年的冷战，现在解脱了。他们离了婚。父母搬出去了。我早知道会是这样！现在反而不难过，因为一年来，我已经难过够了。他们解脱了，我也解脱了。现在，我可以专心学习了！其实，也只有专心学习，才能忘掉这些痛苦的事情！

我赶忙翻看是谁的作文本：邵蕾！

天哪！原来是这么回事！

我的心剧烈地痛起来。因为在一年的时间里，像这样一个最需要关爱的女生，却一直被同学嘲笑着，被老师误会着，她经历着家庭和学校双重的压力！而等最大的悲伤降临的时候，她凭借着自己积极上进的力量向前，正是这股力量让她成为坚强的女生！

我带着钦佩之情，在后加上评语：

花枯萎后，依然是花！

# 快乐很容易办到

智商极高的人经常不快乐，快乐是不需要智商的。

一张微笑的苹果脸映入眼帘。我吃惊地凑近些，看到它是用钢笔画的，不是很圆，苹果把儿也太长，眉毛和嘴又太弯，都弯到脸外边去了。也就是说，这张脸画得很不怎样，画的人一定很费劲。

让人生气的是，苹果脸就画在今天的语文作业后面！

再看作业，天哪！就那么短短三行字，既潦草又不通顺。相比而言，那苹果画得倒认真多了。真不像话！别的学生都写了整整两页，而这……待会儿非得教训一下才行！

下课了，我径直去教室，毫不客气地将那个学生叫进了办公室。

她来了，笑嘻嘻看着我。我将她的作业本一拍，问这是怎么回事。她仍然笑嘻嘻看着我，却一声不吭。我呼地站起来，正要命令她重做一遍，这时，班主任进来了，将我拉到外面。

"你刚来接这个班的语文，有个情况忘了向你说明。是我疏忽了！这个学生有智力障碍，每门功课只能考几分。不用严格要求她。其实，她很乖！"

"智力障碍？"我呆在原地。

"是的，除了她的笑是满分之外，其他的都不及格。"

我脑子里浮现出她进门的微笑。刚才没有引起注意，现在想来，还真是极其真诚，发自内心的。这确实是满分的微笑！等我回过神来，班主任已经离开了。

我进门后，打量着这个学生。她还是向我笑着，这笑很特别，有憨厚，有纯真，有诚恳。我一咧嘴角，向她报以微笑。我叫她走近些，然后指着苹果脸说："画得好！从今后，你每次都画给老师看好不好？"

她重重地点头。她脸上的笑洋溢着快乐。

从此后，整整两年，我都能在一大堆作业里看到苹果的笑脸。我发现，笑脸前边的作业好像慢慢多了起来，字也好像慢慢规整起来。不过我说的"规整"是相对的，其实直到毕业那天，也还是"鬼画桃符"所说的那样难看。

我上课时爱说些笑话。我发现，她很喜欢听。有时候，别人都停下笑，她却一直在笑，她的笑要长久得多，也充分得多。个别时候，她觉得枯燥乏味，打哈欠，眼睛往别处看，遇到这种情况，我就会生起一种自责，觉得课没上好。真没有想到，好长一段时间，我竟然将这个智障女生当成自己教学质量的晴雨表。

她的作业本里，从头至尾，每一页都有苹果，而且一次比一次多，一次比一次画得好看。她开始用彩笔画，开始越画越大，有时画得不满意，还用涂改液修改。头天是一个，第二天是两个，第三天是三个……最多时，她要画两排。只是她好像不会画其他的脸，比如桃子脸、柿子脸、香蕉脸什么的，她只画苹果脸！作业本上，全是大大小小圆圆扁扁的苹果脸！

组长发现了这个秘密，组长告诉了班长，班长告诉了班主任，接着全班人都知道她的作业竟然从头至尾全是苹果。

更让他们吃惊的是，在每一次苹果脸下面，还有一朵用红笔画的红花（红花是我画的，是对她的微笑的回报）。

组长气呼呼的，认为这事发生在他组上，让全组荣誉受损了，他责无旁贷，应该请求对她进行制裁。全班同学都既惊讶又好奇，等着我和班主任处理。

但是班主任和我都在全班表扬了她。我们的表扬词大体一致："她是全班最会笑的学生，她的快乐是满分的！大家应该尊重她的创意，并向她学习！"

最后一排苹果脸出现在留言册上，只是，她在每张笑脸上画了几点泪水。将留言册交到我手上时，她没笑，而是哭了。

我拍拍她的肩膀，然后画上两年来最大的一朵红花。

后来，我再没见到这个学生。但是她送给我的成百上千个苹果和苹果所带的微笑，一直留在我心中。我觉得，那两年是一个教师和一个特殊学生之间的幸福时光！

# 陪你走过上学路

这是一个家长的自述，我想完全有记录的价值：

我是个农村妇女，儿子小雷读初一，人聪明，就是有点儿贪玩。本来我想去昆明和老公一起种平菇，他老打电话说人手不够，我也有些心动。不过在一次家长会上，老师的提醒触动了我："初中阶段是孩子性格发展的关键时期，家长要多陪陪孩子。"

我就留了下来。不仅如此，我还交了一笔不小的费用，让小雷进市一中读书。小雷住校了，我不放心，经常进城打探他的表现。结果他几次溜出校门玩，都被我撞见。他玩心太重，成绩急剧下滑，完全不理解父母的一片苦心。那天接到班主任电话，说他迷上电子游戏，我被激怒了！

我要好好惩治他。方法就是，等他周末回家后，再步行十五里路上学。

星期天，吹着凛冽的风，飞着纤细的雨。小雷该回校了，我铁了心，撑起伞和他走进雨地里。

在赶车处，有个男孩喊小雷："怎么才来？车要开了，快！"小雷看看我，向他摆了摆手。男生叫李朗，很机灵，看出我的脸色不对，问我说："伯母，你这是要惩罚小雷吗？"

这时公交车开动了，售票员问我们究竟坐不坐车，我坚决地摇摇头，小雷则始终低着头。

李朗居然也下了车，车开走了。

"伯母，我和小雷一起受惩罚吧！我们都一样贪玩……"他倒很诚恳，说。

我们三个人开始赶路。三把伞不时被冷风吹得左右摇晃。我板着面孔，任由风雨飘洒在他们身上，也飘洒在我身上。两个孩子静静地走着，低着头，真像在忏悔什么，我不想破坏这种气氛，也默不作声。

但愿小雷用这时间好好反省！但愿他快快懂事！

我有些冷，但心里更冷。作为一个母亲，没有比孩子带来的难过更难过的了！

又一辆公交车在我们身边停下，司机早就认识小雷和李朗了，一听他们正受处罚，就幸灾乐祸地大笑起来，说："该！"

等车又开走，这时，我突然听到小雷在哭，他拉着我说："妈，你快回去看医生吧！你都咳成这样了！"我这才注意到自己一直在咳嗽，阴天加上生气，我的肺出问题了。

李朗也说："你放心，我和小雷甘愿接受处罚，一定走到学校！"

我没有答应他们，而是说："不，我就是要让你们知道，孩子犯的错，父母哪有不受牵连的！"因此，我仍然与他们一起赶路。

由于是下雨，我们用了近两个小时才到学校，晚自习已经开始十分钟。班主任皱着眉走了过来，我趁他还没责备，赶忙讲清事由。他听了，竟然激动地说："这样的家长现在不多了！"

现在客车已经收班，我想乘也乘不了，就慢慢往乡下走，凄风冷雨飘洒在身上，但我觉得很值。

手机响了，是班主任发的校讯通："本班感人故事共享：一家长陪孩子步行两小时上学，任凭风吹雨打，目的是惩戒孩子，让他不再贪玩。罚了孩子，家长也罚了自己，可怜天下父母心！感动！敬佩！"

我脸上热乎乎的，因为我也只能用这种方式来教育我的小雷了。

小雷的期末考试让我很满意。不想，那天李朗也跟着进了我家，他居然考了全班第一名。他眼里噙着泪水，迟疑了一会儿，说出一番话来。原来他的父母离异，都在外地，该寄回的钱一分不差，人却一年难见几次。那天，他和我还有小雷一起在冷雨中上学，这让他产生了叫我"妈妈"的冲动。

我怜惜地将李朗抱住，像拍婴儿一样安抚他。小雷扑进我怀里。我轻轻说："快叫，都叫我妈妈吧！"

 # 非我读书，书在读我

我走进图书馆。图书馆是安静的，可我耳中却响着喧嚷声，是书的喧嚷。我在安静的图书馆里茫然站着，却见所有的书都在看着我，都在议论着我。我想象它们有手，在对我指指点点，评头品足。有的书说："此人孤陋寡闻，内心一览无余！"有的书说："以我看，他心地不差，还有可取之处，值得翻阅翻阅！"有的书说："他非华而不实之徒，我非虚有其表之书，既有共同语言，自然愿意青灯相对！"……

什么？书的话让我汗颜，无地自容。不过我知道，我注定要让大千世界中某本书来读我，正如某本书注定要被芸芸众生中的我来读一样！所以我勇敢地走进了图书馆，勇敢地站在所有书的面前，一任它们评来品去。

非我读书，书在读我也！

温柔如情人的书一生在观察着我，审查着我对它的情感是否专注。儿时得到的第一本书并非是第一个老师在第一堂课里发给我的第一册课本，而是向村里的一个大哥哥低声下气求得的《西游记》连环画。那时我就觉得，在我多方打听四处寻求书的同时，书也在多方打听四处寻求着我。当连环画捧在手里，不停地翻啊翻，看啊看时，其实也是书在将我不停地翻啊翻，看啊看！在昏暗的油灯里，我眼中满含惊喜，泪光莹莹，而书则羞羞答答，圣洁如玉。那夜将书搂在怀里，在母亲三番五次催促下才进入梦乡，其实是书把我搂住，邀约我在梦里不见不散。而第二天，我向大哥哥还书之时，那缕缕不舍之情正是书的幽曲心扉。书，简直就是与我青梅竹马的小女孩！

每当生出这一感觉，想到我在读书，也是书在读我，我就不敢造次。我不敢东张西望，不敢心猿意马。这正是我与恋人四目相对、心灵相通的那种情景。纵使屋外冰冻雪飘，我也全然不顾；纵使身上热汗淋漓，我也浑然不觉。一旦书读出我用情不专，她便会生气，便会不再理我，便会耍孩子脾气，要回她赠给我的所有礼品——那琳琅满目的知识和道理。对书这样的女孩，我必须小心翼翼，哄着她，疼着她，迁就着她。

每当生起这一感觉，想到我在读书，也是书在读我，我就不敢马虎。我的心里，立即灌满强烈的责任感。无书相伴的那份寂寞，也许多少人都刻骨铭心地体验过，由此推之，书在无人相守时，也一定魂不守舍吧。所以，我和书都不能失约，不要让对方望穿秋水，伊人憔悴。

每当生起这一感觉，想到我在读书，也是书在读我，我就变得谦逊。我希望自己越来越有内涵，越来越有品位，这样，书读我之后就不会失望，就不会有上当受骗的感觉，也不会对我渐渐失去耐性。

一书在手，我爱怜有加，心中暗下决心：

决心像司马光那样体贴书——且看他，读书之前必先洗手，必先擦净桌面，翻页时只用指尖，生怕弄脏了书。

决心像陶渊明那样理解书——没有功利心，恬淡随性，"好读书，不求甚解；每有会意，便欣然忘食。"书香、花香、酒香、茶香，氤氲了悠然的黄昏。

决心像辛弃疾那样懂得书——"众里寻他千百度，蓦然回首，那人却在，灯火阑珊处。"唯有对书的情感到了极致，才会为之满世界踏破铁鞋。

# 黄昏与清晨的约会

推开早已被门卫开了锁、尚还轻掩着的小区铁门，你被橙黄的路灯温柔审视，它眼里脉脉流淌着询问。一片落叶递到你面前，与清晨的交往由此开始。

你没有穿运动服，有几个穿太极服、佩养生剑的大叔大妈看了你一眼，但是你依然绞着手指、踮着脚尖在做准备活动，你谁都不认识，但是你还是认识一个人——清晨。你开始慢跑，在桥上，你超越了一些人，又被一些人超越，你的步调与心情合一，不疾不徐，因为清晨就在你踏过的每一处。

鸥鹭也在天空中飞掠而过，在朦胧的晨光中，只是黑乎乎的，好像它们的洁白体色还没有醒过来。不过柳树已经梳好发辫，微笑着，在你闪过的瞬间，向你轻轻一揖。

我相信鱼在水里感谢着清晨，清晨的水格外沉静清澈。同样，我也在岸上感谢清晨，清晨的空气显然有别于白天和晚上，像第一口饮到的明前茶，像第一坛捧出的女儿红。我相信清晨待人接物的方式最最真诚，最最无私。世上只听说人有负于清晨，从未听说清晨会有负于人。

清晨是人一生不可不结交的几个朋友之一！

想当初，毛主席对我们说："你们是清晨八九点钟的太阳！"他老人家也许有一点时光流逝的慨叹，他说得真诚无比，我也听得欣喜莫名，心里以为自己就是清晨。可是，清晨是另一个人，这个人一直跟随在我的身边，但一直没引起我的注意。直到有一天，穿白色衣服的温柔护士，将一册健康报告交到我手上时，我猛然醒悟——

是清晨在呼唤我了！

清晨对我说：你胆固醇偏高了。我隐隐有些不安。清晨说：你多少个日子都身陷于床铺上的泥潭，不能自拔。要知道，锦绣的被盖在这一刻实为安逸的沼泽，而沼泽就会慢慢置人于死地。

清晨对我说：你骨质增生了。我腰部开始作痛。清晨说：到树林中去，像花草树木那样随风舞动，因为植物们从不骨质增生。

清晨对我说：你的肺有阴影了。我慌忙问他该当如何，清晨说：其实我有亿万立方的清新空气，含氧量充足，可惜你吸惯了中午的浊气，黄昏的暮气，晚上的湿气，就是不沾我的清气和朝气。

清晨还对我说……

我就老老实实跟在清晨的后边，他叫我怎么做我就怎么做。清晨挺着腰板，他看起来是那样高大，那样值得信赖。他温和而刚毅，谁愿意跟着他跑步，他都接纳，谁贪婪地索取氧气，他都施予。

每天，我轻手轻脚出门，下楼，不疾不徐上街，出城，坚持不懈过河，进公园。我一如既往。妻子说：哟，你都坚持十天了呢！说时她带着笑意，我听出话里那一丁点嘲讽。可是有天妻子又说：咦，你都跑步三个月了！我从中听出一丁点惊叹。最近她搂着我，拍拍我的手臂，摸摸我的腰板，说：啊，你都锻炼一年了！我终于听出了一丁点的敬意。

十天，在人的一生中实在太少了，所以很多人常会轻易放弃。三个月，已经不多也不少了，就跟食之无肉弃之可惜的"鸡肋"一样，好不容易坚持了三个月，虽然效果不太明显，但半途而废又有些可惜，所以不忍浪费。一年，这就好比千辛万苦聚起的一笔财富，捂在怀里已经足以让人骄傲，这时的人都希望这笔财富越变越多，再也不肯丢失掉了。

这就是我跑步一年的真实体验。

是啊，交了清晨这样的益友，人的气格也将会大大提升。

曾经我活得像一个恹恹的黄昏，现在我交了清晨这样的益友，生命才注入了更多的活力。

　　推开小区铁门，在橙黄的路灯温柔的注视下，我用心语向一位好友问候：清晨，你早！